# CHOIX
# DE FABLES

## ET D'AUTRES PIÈCES DE VERS

POUR SERVIR AUX PREMIERS EXERCICES DE MÉMOIRE
DANS LES ÉCOLES PRIMAIRES

PAR

## A. GRESSE

ANCIEN PROFESSEUR

———

DEUXIÈME ÉDITION, AUGMENTÉE

———

## PARIS

LIBRAIRIE DE CH. MEYRUEIS ET Cᴵᴱ
RUE DE RIVOLI, 174

# CHOIX
# DE FABLES

## ET POÉSIES DIVERSES

POUR SERVIR AUX EXERCICES DE LECTURE ET DE MÉMOIRE
DANS LES ÉCOLES PRIMAIRES

PAR

## A. GRESSE

ANCIEN PROFESSEUR

**DEUXIÈME ÉDITION, AUGMENTÉE**

## PARIS
### LIBRAIRIE DE CH. MEYRUEIS
RUE DE RIVOLI, 174

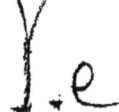

# OUVRAGES DE M. GRESSE

**Méthode de Lecture, avec ou sans épellation.** Nouvelle édition. 16 tableaux in-folio. 1 fr. 60 c.

*Le même ouvrage,* grand in-18, pour l'élève, 20 c.

Le cartonnage se paie 5 centimes en sus.

Cette méthode, imprimée en gros caractères, est à la fois simple, graduée, facile et complète.

**Syllabaire mécanique,** pour l'enseignement de la lecture dans les écoles et les familles. 5 fr.

Système ingénieux au moyen duquel l'enfant n'a jamais sous les yeux que la lettre ou la syllabe qu'on veut lui faire lire.

**Manuel de Lecture courante,** faisant suite à la *Méthode de Lecture.* 1 vol. in-18, cartonné. 60 c.

Ce petit ouvrage contient la plupart des connaissances à la portée des enfants qui commencent à lire.

**Choix de Fables** et autres pièces de vers pour les premiers exercices de mémoire et de récitation. 1 vol. in-12, cart. 75 c.

Les morceaux dont se compose ce recueil y sont placés dans l'ordre de leur étendue, afin qu'il soit facile de proportionner le travail de l'enfant au développement de sa mémoire.

**Éléments de la Grammaire française de Lhomond,** revus et complétés par A. Gresse. Nouvelle édition. 1 vol. in-12, cart. 75 c.

Une disposition typographique particulière, qui place les questions et les réponses en regard; des exercices au bas de chaque page; un traité d'analyse grammaticale; les modifications heureuses apportées à l'ancien texte, ont fait de la Grammaire de Lhomond un ouvrage nouveau très apprécié des instituteurs.

**Petite Arithmétique pratique et raisonnée,** à l'usage des écoles primaires. Nouvelle édition, augmentée d'un chapitre sur les fractions ordinaires, et contenant un grand nombre d'exercices et de problèmes. 1 vol. in-12, cart. 75 c.

Même disposition typographique que les *Éléments de Grammaire.*

**Réponses des Exercices et des Problèmes** contenus dans la *Petite Arithmétique.* In-12, broché. 30 c.

Cette brochure est indispensable aux instituteurs qui ont peu de temps à consacrer à la vérification du travail de leurs élèves.

**Petite Géographie des écoles.** Ouvrage sur un plan tout nouveau. In-12, cartonné. 40 c.

**Atlas de la Petite Géographie des écoles,** composé de 7 cartes coloriées, cart. 60 c.

*Les deux ouvrages réunis.* 90 c.

**Petite Chrestomathie française.** Recueil de morceaux choisis en prose et en vers, extraits de nos meilleurs écrivains, et pouvant servir à la fois d'exercices de lecture et de mémoire, de dictées d'orthographe et de modèles de style. Nouvelle édition. 1 vol. in-12, cart. 1 fr. 50 c.

Cet ouvrage a aussi été publié sous le titre de *Choix de Lectures.* On est prié de le demander sous le titre que l'on préfère.

---

Paris. — Typ. de Ch. Meyrueis, rue des Grès, 11. — 1864.

# CHOIX DE FABLES

---

## LA RENONCULE.

La renoncule un jour dans un bouquet
Avec l'œillet se trouva réunie :
Elle eut le lendemain le parfum de l'œillet.
On ne peut que gagner en bonne compagnie.

BÉRENGER.

## LE VIOLON.

Un jour tombe et se brise un mauvais violon;
On le ramasse, on le recolle,
Et de mauvais, il devient bon.
L'adversité souvent est une heureuse école.

THÉVENEAU.

## LE SINGE, L'ANE ET LA TAUPE.

De leurs plaintes sans fin, de leurs souhaits sans bornes,
Le singe et l'âne un jour importunaient les cieux :
« Ah! je n'ai point de queue! — Ah! je n'ai point de cornes!
— Ingrats, reprit la taupe, et vous avez des yeux! »

BOISARD.

## LA VIGNE ET LE CAMÉLIA.

Une vigne, accrochée aux branches d'un tilleul,
Raillait un camélia sur sa petite taille.
L'autre lui répondit : « Ta grandeur qui me raille
A besoin d'un appui; je me soutiens tout seul. »

DU CHAPT.

### LE VER-LUISANT ET LE SERPENT.

Un ver-luisant errait sous de vertes charmilles;
Un serpent s'en approche et lui perce le sein.
« Que t'ai-je fait ? dit-il au perfide assassin.
— Tu brilles ! »
LAYET.

### LE PASSEREAU ET LE LIÈVRE.

Un lièvre est pris par l'aigle aux serres si cruelles.
« Qu'as-tu fait de tes pieds ? » lui crie un passereau.
Un milan passe, entend et ravit mon oiseau.
L'autre, vengé, répond : « Qu'as-tu fait de tes ailes ? »
M<sup>me</sup> JOLIVEAU.

### L'ENFANT MIS SUR UNE TABLE.

Un enfant s'admirait, monté sur une table :
« Je suis grand, » disait-il. Quelqu'un lui répondit :
« Descendez, vous serez petit. »
Quel est l'enfant de cette fable ?
Le riche qui s'enorgueillit.
BARBE.

### LES TROIS BŒUFS.

Dans un même pâtis, unis par la concorde,
Trois bœufs du loup ne craignaient rien.
Bientôt entre eux se logea la discorde,
On se brouilla. Le loup s'en trouva bien.
Frères, soyez amis, c'est là le plus grand bien.
DE FRASNAY.

### LA VIGNE ET L'ORMEAU.

La vigne devenait stérile,
Dépérissant faute d'appui;
Un ormeau lui servit d'asile :
« Si par moi, disait-il, je ne porte aucun fruit,
Je soutiendrai, du moins, une plante fertile..»
Anonyme.

### LA FLEUR DES CHAMPS.

« D'où vient la douce odeur qu'en ces lieux tu répands? »
Disait un botaniste à fleurette des champs.
    «Je ne suis que bien peu de chose,
    Répond-elle, mais quelque temps
    J'ai séjourné près de la rose. »
Saadi.

### L'ANE ET LES VOLEURS.

Pour un âne enlevé deux voleurs se battaient :
L'un voulait le garder, l'autre voulait le vendre.
    Tandis que coups de poings trottaient,
Et que nos champions songeaient à se défendre,
    Arrive un troisième larron
    Qui saisit maître Aliboron.
La Fontaine.

### LE LIERRE ET LE ROSIER.

Un lierre, en serpentant au haut d'une muraille,
Voit un petit rosier, et se rit de sa taille.
L'arbuste lui répond : «Apprends que sans appui
    J'ai pu m'élever par moi-même;
    Mais toi, dont l'orgueil est extrême,
Tu ramperais encor sans le secours d'autrui. »
Le Bailly.

### LE VILLAGEOIS ET LE FROMAGE.

Un rustre en son buffet avait mis un fromage,
Lorsque par une fente il aperçoit un rat;
    Vite il y fait entrer son chat,
    Afin d'empêcher le dommage;
    Mais notre Mitis aux aguets,
Mange le rat d'abord, et le fromage après.

LE BAILLY.

### L'AIGLE ET LE LIMAÇON.

Sur la cime d'un arbre un limaçon grimpé,
    Fut par un aigle aperçu d'aventure.
« Comment à ce haut poste, oubliant ta nature,
As-tu pu t'élever? dit l'oiseau. — J'ai rampé. »
    Combien, dans le siècle où nous sommes,
    De limaçons parmi les hommes !

FORMAGE.

### LE RENARD ET LES RAISINS.

Certain renard gascon, d'autres disent normand,
Mourant presque de faim, vit en haut d'une treille
    Des raisins mûrs apparemment,
    Et couverts d'une peau vermeille.
Le galant en eût fait volontiers un repas;
    Mais, comme il n'y pouvait atteindre :
« Ils sont trop verts, dit-il, et bons pour des goujats. »
    Fit-il pas mieux que de se plaindre?

LA FONTAINE.

### LA VIPÈRE ET LA SANGSUE.

« Nous piquons toutes deux, commère,
A la sangsue un jour disait une vipère ;
Et l'homme cependant te recherche et me fuit :
D'où vient cela ? — D'où vient ? réplique la sangsue,
    C'est que ta piqûre le tue,
    Et que la mienne le guérit. »

Le Bailly.

### LA FOURMI.

Sur les cornes d'un bœuf revenant du labeur
    Une fourmi s'était nichée.
    « D'où viens-tu ? lui cria sa sœur,
    Et que fais-tu si haut perchée ?
    — D'où je viens ! peux-tu l'ignorer ?
Nous venons de labourer. »

Villiers.

### L'ARAIGNÉE ET LE VER A SOIE.

L'araignée en ces mots raillait le ver à soie :
« Bon Dieu, que de lenteur dans tout ce que tu fais !
    Vois combien peu de temps j'emploie
A tapisser un mur d'innombrables filets.
— Soit ! répondit le ver ; mais ta toile est fragile,
    Et puis à quoi sert-elle ? à rien.
    Pour moi, mon travail est utile :
    Si je fais peu, je le fais bien. »

Le Bailly.

### LA FORTUNE ET LE MÉRITE.

Sur le chemin de la Fortune,
Le Mérite un jour se trouva :
« Mon cher, dit-elle, vous voilà ?
Ah ! quelle rencontre opportune !
Sur mon honneur, depuis longtemps
Je vous cherche sans cesse. — Et moi, je vous attends. »

Du Tramblay.

### LE PAPILLON ET L'ABEILLE.

« S'il fait beau temps,
Disait un papillon volage,
S'il fait beau temps,
J'irai folâtrer dans les champs.
— Et moi, lui dit l'abeille sage,
J'aurai plus d'ardeur à l'ouvrage,
S'il fait beau temps. »

Anonyme.

### LE TORRENT ET LE RUISSEAU.

Un torrent furieux, dans sa course rapide,
Insultait un ruisseau timide
Dont l'onde arrosait un verger.
« Va, lui dit le ruisseau, sois fier de l'avantage
D'offrir à chaque pas quelque nouveau danger.
Je serais bien fâché d'avoir pour mon partage
L'honneur cruel que tu poursuis :
Tu t'annonces par le ravage,
Moi, par les biens que je produis. »

Richaud-Martelli.

## LA CHANDELLE ET LA LANTERNE.

Une chandelle, un jour, disait à la lanterne :
« Pourquoi de ton foyer me faire une prison ?
Ton vilain œil-de-bœuf rend ma lumière terne ;
Ouvre-toi, qu'à mon gré j'éclaire l'horizon ! »
La lanterne obéit ; l'autre, qu'y gagne-t-elle ?
Bonsoir ! un coup de vent a soufflé la chandelle.

LE BAILLY.

## LA ROSE ET L'AMARANTE.

Une rose disait à certaine amarante :
« Ce n'est pas sans raison qu'on me trouve charmante ;
Qui n'aimerait l'éclat de ma couleur,
Et le parfum de mon odeur ?
Regardez-moi, sentez-moi, je vous prie.
— Eh bien ! je vous vois, je vous sens.
— Vous brillez moins, je pense. — Ah ! rose tant chérie,
Je brille moins, d'accord ; mais je vis plus longtemps. »

GUICHARD.

## LA DOULEUR ET L'ENNUI.

Mourant de faim, un pauvre se plaignait ;
Rassasié de tout, un riche s'ennuyait :
Qui des deux souffrait davantage ?
Ecoutez sur ce point la maxime du sage :
De la douleur et de l'ennui
Voici l'exacte différence :
L'ennui ne laisse plus de désirs après lui ;
Mais la douleur, près d'elle, a toujours l'espérance.

HOFFMANN.

1*

## JUPITER ET MINOS.

« Mon fils, disait un jour Jupiter à Minos,
   Toi qui juges la race humaine,
Explique-moi pourquoi l'enfer suffit à peine
Aux nombreux criminels que t'envoie Atropos.
Quel est de la vertu le fatal adversaire
Qui corrompt à ce point la faible humanité?
C'est, je crois, l'intérêt. — L'intérêt? Non, mon père.
  — Et qu'est-ce donc? — L'oisiveté. »

FLORIAN.

## LE HOUX.

Par le houx épineux un jeune enfant blessé,
A son père en pleurant racontait sa disgrâce :
« Ce maudit arbrisseau, de dards tout hérissé,
Dans ce joli bosquet devrait-il trouver place?
   A quoi sert-il? A piquer les passants!
  — A donner quelquefois des leçons de prudence;
A vous prouver, mon fils, par votre expérience,
   Qu'il faut s'éloigner des méchants. »

BRESSIER.

## LES DEUX POTIERS.

Certain potier blâmait l'ouvrage
D'un potier, son voisin, et disait que ses pots
Mal tournés ne seraient achetés que des sots,
Qu'il n'en était encor qu'à son apprentissage;
Les uns étaient trop grands, les autres trop petits.
Celui-ci repartit : « Halte-là, mon confrère!
Mes pots n'ont qu'un défaut, mais qui doit vous déplaire,
C'est que de votre moule ils ne sont pas sortis. »

RICHER.

### LE ROI DE PERSE ET SES VIZIRS.

Un roi de Perse, un certain jour,
Chassait avec toute sa cour.
Il avait soif, et dans la plaine
On ne trouvait point de fontaine.
Près de là seulement était un grand jardin,
Rempli de beaux cédrats, d'oranges, de raisin :
    « A Dieu ne plaise que j'en mange !
Dit le roi; ce jardin courrait trop de danger :
Si je me permettais d'y cueillir une orange,
Mes vizirs aussitôt mangeraient le verger. »

FLORIAN.

### LA GRENOUILLE QUI VEUT SE FAIRE AUSSI GROSSE QUE LE BŒUF.

Une grenouille vit un bœuf
    Qui lui sembla de belle taille.
Elle, qui n'était pas grosse en tout comme un œuf,
Envieuse, s'étend et s'enfle, et se travaille
    Pour égaler l'animal en grosseur,
    Disant : « Regardez bien, ma sœur :
Est-ce assez? dites-moi; n'y suis-je point encore?
—Nenni!—M'y voici donc?—Point du tout.—M'y voilà!
— Vous n'en approchez point. » La chétive pécore
    S'enfla si bien qu'elle creva.
Le monde est plein de gens qui ne sont pas plus sages :
Tout bourgeois veut bâtir comme les grands seigneurs;
    Tout petit prince a des ambassadeurs;
    Tout marquis veut avoir des pages.

LA FONTAINE.

## LE PINSON ET LA PIE.

« Apprends-moi donc une chanson,
Demandait la bavarde pie
A l'agréable et gai pinson
Qui chantait au printemps sur l'épine fleurie.
— Allez, vous vous moquez, ma mie ;
A gens de votre espèce, ah ! je gagerais bien
Que jamais on n'apprendra rien.
— Eh quoi ! la raison, je te prie ?
— Mais c'est que pour s'instruire et savoir bien chanter ,
Il faudrait savoir écouter,
Et babillard n'écouta de sa vie. »

Mᵐᵉ DE LA FÉRANDIÈRE.

## LA GUENON, LE SINGE ET LA NOIX.

Une jeune guenon cueillit
Une noix dans sa coque verte ;
Elle y porte la dent, fait la grimace... « Ah ! certe,
Dit-elle, ma mère mentit
Quand elle m'assura que les noix étaient bonnes.
Puis, croyez aux discours de ces vieilles personnes
Qui trompent la jeunesse ! Au diable soit le fruit ! »
Elle jette la noix. Un singe la ramasse,
Vite entre deux cailloux la casse,
L'épluche, la mange, et lui dit :
« Votre mère eut raison, ma mie :
Les noix ont fort bon goût ; mais il faut les ouvrir.
Souvenez-vous que, dans la vie,
Sans un peu de travail on n'a point de plaisir. »

FLORIAN.

## LE BLUET.

« De nos guérets, modeste fleur,
De ta corolle demi-close
S'exhale une suave odeur ;
Joli bluet, d'où vient cette métamorphose ?
— Ce matin, par Chloé, cueilli pour son bouquet,
Je m'y plaçai près de l'œillet,
Entre le jasmin et la rose.
Du doux parfum qui d'abord t'a surpris
Déjà tu devines la cause :
Rappelle-toi qu'à choisir ses amis,
On gagne toujours quelque chose. »

### L'ENFANT ET LE PETIT ÉCU.

Possesseur d'un petit écu,
Un enfant se croyait le plus riche du monde.
Le voilà qui fait voir ce trésor à la ronde,
En criant gaîment : « J'ai bien lu !
— A merveille, lui dit un sage ;
C'est le prix du savoir que vous avez reçu,
Du savoir tel qu'on peut le montrer à votre âge ;
Mais voulez-vous encore être heureux davantage ?
Aspirez, mon enfant, au prix de la vertu :
Vous l'aurez, quand des biens vous saurez faire usage. »
L'enfant entendit ce langage :
L'écu, d'après son cœur et sensible et bien né,
A rapporter le double est soudain destiné :
Avec le pauvre il le partage.

AUBERT.

### L'ENFANT ET LE CHAT.

Tout en se promenant, un bambin déjeunait
De la galette qu'il tenait.
Attiré par l'odeur, un chat vient, le caresse,
Fait le gros dos, tourne, et vers lui se dresse :
« Oh ! le joli minet ! » Et le marmot charmé,
Partage avec celui dont il se croit aimé.
Mais le flatteur à peine obtient ce qu'il désire,
    Qu'au loin il se retire.
« Ha ! ha ! ce n'est pas moi, dit l'enfant consterné,
Que tu suivais ; c'était mon déjeuné. »
                Guichard.

### LE LIERRE ET LA VIGNE.

    Sur le mur d'un vieil ermitage,
Un lierre avec orgueil étalait son feuillage.
    Une vigne, tout près de lui,
Grimpait modestement le long du même appui.
    De son inutile verdure,
Fier et vain comme un sot, le lierre, sans égard,
Repoussait sa voisine et couvrait la masure.
    La pauvre vigne, sans murmure,
Se retirait toujours, cherchant place à l'écart.
Mais chacun eut son tour, et justice fut faite :
Un jardinier s'avance, armé de sa serpette ;
Il vient pour réparer le manoir délaissé ;
    Sans peine on devine le reste :
L'orgueilleux inutile, arraché, dispersé,
    Laisse le mur débarrassé
    A la vigne utile et modeste.
                De Jussieu.

## LE CHEVAL ET LE TAUREAU.

Un cheval vigoureux, monté par un enfant,
Semblait s'en amuser au milieu d'une plaine,
   Tantôt effleurant l'herbe à peine,
   Tantôt sautant, caracolant.
« Quoi ! lui dit un taureau mugissant de colère,
Un écuyer pareil te gouverne à son gré !
   Comment n'en être pas outré !
   Va, fais-lui mordre la poussière.
— Moi ! répond le noble coursier ;
Ce serait là, vraiment, un bel exploit de guerre !
   Aurais-je à me glorifier
  De jeter un enfant par terre ? »

Le Bailly.

## LA POULE AUX ŒUFS D'OR.

L'avarice perd tout en voulant tout gagner.
   Je ne veux, pour le témoigner,
Que celui dont la poule, à ce que dit la fable,
   Pondait tous les jours un œuf d'or.
Il crut que dans son corps elle avait un trésor ;
Il la tua, l'ouvrit, et la trouva semblable
A celles dont les œufs ne lui rapportaient rien,
S'étant lui-même ôté le plus beau de son bien.
   Belle leçon pour les gens chiches !
Pendant ces derniers temps, combien en a-t-on vus
Qui du soir au matin sont pauvres devenus,
   Pour vouloir trop tôt être riches !

La Fontaine.

## L'ORANGE.

Un jeune enfant mordait dans une orange :
« Oh ! s'écria-t-il en courroux,
Le maudit fruit ! Se peut-il qu'on le mange !
Comme il est aigre ! On le prétend si doux !
— Faux jugement, lui répondit son père ;
Otez cette écorce légère,
Vous reviendrez de votre erreur. »
Ne jugeons pas toujours sur un dehors trompeur.

### LE CORBEAU ET LE RENARD.

Maître corbeau, sur un arbre perché,
Tenait en son bec un fromage ;
Maître renard, par l'odeur alléché,
Lui tint à peu près ce langage :
« Hé ! bonjour, monsieur du corbeau !
Que vous êtes joli ! que vous me semblez beau !
Sans mentir, si votre ramage
Se rapporte à votre plumage,
Vous êtes le phénix des hôtes de ces bois. »
A ces mots, le corbeau ne se sent pas de joie,
Et, pour montrer sa belle voix,
Il ouvre un large bec, laisse tomber sa proie.
Le renard s'en saisit, et dit : « Mon bon monsieur,
Apprenez que tout flatteur
Vit aux dépens de celui qui l'écoute :
Cette leçon vaut bien un fromage, sans doute. »
Le corbeau, honteux et confus,
Jura, mais un peu tard, qu'on ne l'y prendrait plus.

LA FONTAINE.

### L'HORLOGE ET LE COQ D'UN CLOCHER.

Certaine horloge un jour dit au coq d'un clocher :
« Tourner au moindre vent, quelle tête légère !
— Est-ce à toi, répond l'autre, à me le reprocher ?
Marquer d'où le vent souffle est mon unique affaire.
— C'est agir sans savoir. — Toi-même es dans ce cas.
— Comment ?—Tu montres l'heure et tu ne la sais pas. »

LE BAILLY.

### LE LABOUREUR ET SES ENFANTS.

Travaillez, prenez de la peine,
C'est le fonds qui manque le moins.
Un riche laboureur, sentant sa fin prochaine,
Fit venir ses enfants, leur parla sans témoins :
« Gardez-vous, leur dit-il, de vendre l'héritage
Que nous ont laissé nos parents :
Un trésor est caché dedans.
Je ne sais pas l'endroit; mais un peu de courage
Vous le fera trouver; vous en viendrez à bout.
Remuez votre champ dès qu'on aura fait l'août;
Creusez, fouillez, bêchez, ne laissez nulle place
Où la main ne passe et repasse. »
Le père mort, les fils vous retournent le champ
De çà, de là, partout; si bien qu'au bout de l'an
Il en rapporta davantage.
D'argent, point de caché. Mais le père fut sage
De leur montrer avant sa mort
Que le travail est un trésor.

LA FONTAINE.

## LE BUISSON ET LA ROSE.

« Comment! déjà sur le retour?
Ce matin même, à peine éclose,
Pauvre fleur, tu ne vis qu'un jour!
Disait le buisson à la rose.
— Je n'ai pas vécu sans honneur,
Un parfum me métamorphose;
Je laisse après moi bonne odeur;
Puis-je regretter quelque chose?»

LE BAILLY.

## LES DEUX MULETS.

Deux mulets cheminaient, l'un d'avoine chargé,
L'autre portant l'argent de la gabelle.
Celui-ci, glorieux d'une charge si belle,
N'eût voulu pour beaucoup en être soulagé.
Il marchait d'un pas relevé,
Et faisait sonner sa sonnette,
Quand l'ennemi se présentant,
Comme il en voulait à l'argent,
Sur le mulet du fisc une troupe se jette,
Le saisit au frein, et l'arrête.
Le mulet, en se défendant,
Se sent percer de coups; il gémit, il soupire.
« Est-ce donc là, dit-il, ce qu'on m'avait promis?
Ce mulet qui me suit du danger se retire,
Et moi, j'y tombe, et je péris!
— Ami, lui dit son camarade,
Il n'est pas toujours bon d'avoir un haut emploi :
Si tu n'avais servi qu'un meunier, comme moi,
Tu ne serais pas si malade. »

LA FONTAINE.

### LE LÉZARD ET LA TORTUE.

« Pauvre tortue, hélas ! s'écriait le lézard.
— Pourquoi pauvre ? — Quelle misère !
Sans porter ta maison tu ne vas nulle part.
— Charge utile devient légère. »

GUICHARD.

### LA BREBIS ET LE CHIEN.

La brebis et le chien, de tous les temps amis,
Se racontaient un jour leur vie infortunée.
« Ah ! disait la brebis, je pleure et je frémis
Quand je songe aux malheurs de notre destinée.
Toi, l'esclave de l'homme, adorant des ingrats,
Toujours soumis, tendre et fidèle,
Tu reçois, pour prix de ton zèle,
Des coups et souvent le trépas.
Moi, qui tous les ans les habille,
Qui leur donne du lait et qui fume leurs champs,
Je vois chaque matin quelqu'un de ma famille
Assassiné par ces méchants.
Leurs confrères les loups dévorent ce qui reste.
Victimes de ces inhumains,
Travailler pour eux seuls, et mourir par leurs mains,
Voilà notre destin funeste !
— Il est vrai, dit le chien ; mais crois-tu plus heureux
Les auteurs de notre misère ?
Va, ma sœur, il vaut encor mieux
Souffrir le mal que de le faire. »

FLORIAN.

## LE CHEVREAU ET LE LOUP.

Un insolent chevreau, du haut de son étable,
Crie au loup qui passait : « Le gueux ! le misérable !
— Ce n'est pas de toi, répond-il,
Que part l'insulte ; non, mais de ta seule place :
Tout faux brave, loin du péril,
Croit montrer du courage, et n'a que de l'audace. »

GUICHARD.

## LE PARRICIDE.

Un fils avait tué son père.
Ce crime affreux n'arrive guère
Chez les tigres, les ours ; mais l'homme le commet.
Ce parricide eut l'art de cacher son forfait ;
Nul ne le soupçonna : farouche et solitaire,
Il fuyait les humains et vivait dans les bois,
Espérant échapper aux remords comme aux lois.
Certain jour on le vit détruire, à coups de pierre,
Un malheureux nid de moineaux.
« Eh ! que vous ont fait ces oiseaux ?
Lui demande un passant ; pourquoi tant de colère ?
— Ce qu'ils m'ont fait, répond le criminel ;
Ces oisillons menteurs, que confonde le ciel,
Me reprochent d'avoir assassiné mon père. »
Le passant le regarde : il se trouble, il pâlit ;
Sur son front son crime se lit.
Conduit devant le juge, il l'avoue et l'expie.
Oh ! des vertus dernière amie,
Toi qu'on voudrait en vain éviter ou tromper,
Conscience terrible, on ne peut t'échapper.

FLORIAN.

## LA FOURMI ET LA MOUCHE.

« Misérable fourmi, disait la mouche fière,
Pauvre et vil animal que le travail tuera ;
Pour moi le doux loisir, la cour, la bonne chère !
— Adieu, dit la fourmi ; mouche, l'hiver viendra. »

VAUDIN.

## LA CHATAIGNE.

« Que l'étude est chose maussade !
A quoi sert de tant travailler ? »
Disait, et non pas sans bâiller,
Un enfant que menait son maître en promenade.
Que répondait l'abbé ? Rien. L'enfant sous ses pas
Rencontre cependant une cosse fermée,
Et de dards menaçants de toutes parts armée.
Pour la prendre il étend le bras.
« Mon pauvre enfant n'y touchez pas !
— Eh ! pourquoi ? — Voyez-vous mainte épine cruelle
Toute prête à punir vos doigts trop imprudents ?
— Un fruit exquis, Monsieur, est caché là dedans.
— Sans se piquer peut-on l'en tirer ? — Bagatelle !
Vous voulez rire, je crois.
Pour profiter d'une aussi bonne aubaine,
On peut bien prendre un peu de peine,
Et se faire piquer les doigts.
— Oui, mon fils ; mais, de plus, que cela vous enseigne
A vaincre les petits dégoûts
Qu'à présent l'étude a pour vous.
Ces épines aussi cachent une châtaigne. »

ARNAULT.

## LA VENGEANCE D'UNE ABEILLE.

A réparer certaine injure
Une abeille un jour s'engagea :
Elle y parvint et se vengea,
Mais expira sur la blessure.

DUBOIS-LAMOLINIÈRE.

## LE ROI DE PERSE ET LE COURTISAN.

Possesseur d'un trésor immense,
Mais plus riche encore en vertus,
Un monarque persan, émule de Titus,
Signalait chaque jour son auguste puissance
Par mille traits de bienfaisance.
Instruit dans son conseil qu'un mal contagieux
De ses Etats alors ravageait la frontière,
Il y vole soudain, veut tout voir par ses yeux.
Sa première visite est pour l'humble chaumière.
Combien d'infortunés il arrache au trépas!
Soulager le malheur est son unique affaire.
Il croit n'avoir rien fait tant qu'il lui reste à faire.
Aussi comme on bénit la trace de ses pas!
Au milieu de la nuit le roi veillait encore :
« Reposez-vous enfin, seigneur, il en est temps,
Lui dit un de ses courtisans;
Demain, au lever de l'aurore,
Vous reviendrez. — Non pas, répond le souverain,
Ne différons jamais d'obliger le prochain,
Car on n'a pas toujours occasion pareille.
Le bien que l'on a fait la veille
Fait le bonheur du lendemain. »

LE BAILLY

## LE CHAMEAU ET LE BOSSU.

Au son du fifre et du tambour,
Dans les murs de Paris on promenait un jour
  Un chameau du plus haut parage;
Il était fraîchement arrivé de Tunis,
 t mille curieux, en cercle réunis,
Pour le voir de plus près lui fermaient le passage.
Un riche, moins jaloux de compter des amis
Que de voir à ses pieds ramper un monde esclave,
  Dans le chameau louait un air soumis;
  Un magistrat aimait son maintien grave;
  Tandis qu'un avare enchanté
Ne cessait d'applaudir à sa sobriété.
  Un bossu vint, qui dit ensuite :
  « Messieurs, voilà bien des propos;
Mais vous ne parlez pas de son plus grand mérite.
  Voyez s'élever sur son dos
  Cette gracieuse éminence;
  Qu'il paraît léger sous ce poids
Et combien sa figure en reçoit à la fois
  Et de noblesse et d'élégance ! »

En riant du bossu, nous faisons comme lui ;
A sa conduite en rien la nôtre ne déroge,
Et l'homme tous les jours dans l'éloge d'autrui,
  Sans y songer, fait son éloge.

LE BAILLY.

## LE TORRENT ET LA DIGUE.

Un torrent, qui de ses ravages
Avait longtemps désolé ses rivages,
Se plaignait qu'une digue eût enchaîné ses flots,
Et l'apostrophait en ces mots :
« Pourquoi m'imposes-tu cette gêne inutile ?
Si je fus autrefois dangereux, indocile,
Pour mes débordements justement détesté,
Je suis changé, tu vois ; je suis doux et tranquille :
Rends-moi toute ma liberté.

—Oui, répondit la digue avec plus de franchise ;
Oui, je vois dans tes mœurs un changement parfait.
Ton onde même fertilise
Les vallons qu'elle ravageait ;
Mais, dans cette métamorphose,
Ne suis-je pas pour quelque chose ? »

L'argument était juste, et, pour le prouver mieux,
Sur les pas de l'hiver survint un gros orage ;
La digue fut rompue, et, s'ouvrant un passage,
Le fier torrent reprit ses penchants furieux.
Les campagnes épouvantées,
Les arbres abattus, les terres emportées
Dirent au laboureur, dont les cris déchirants
Redemandaient aux flots ses moissons dévastées,
Qu'il faut des digues aux torrents.

Viennet.

## LES DEUX LAMPES.

Tout reposait : au temple solitaire,
Où veille du Seigneur l'éternelle bonté,
Une lampe brûlait, et dans le sanctuaire
    Répandait sa douce clarté.
Une autre lampe auprès pendait inanimée,
Sans chaleur et sans flamme, et l'huile parfumée
Reposait inutile en son sein argenté.
« Vous voilà, disait-elle, à demi consumée,
Et bientôt s'éteindra votre pâle lueur :
    Je plains votre destin, ma sœur !
    La flamme ardente vous dévore :
    Demain, quand renaîtra l'aurore,
Du liquide trésor que je porte en mon sein,
    Ma sœur, je serai pleine encore,
    Et vous, que serez-vous demain ?
    —Vous me plaignez, répondit l'autre,
Et mon sort vous paraît bien triste auprès du vôtre :
    Je le préfère cependant.
    La lampe où ne luit nulle flamme,
    O ma sœur, c'est un corps sans âme
    Qui languit éternellement.
    Je bénis la main qui m'allume,
    Car en brûlant je me consume,
    Mais j'éclaire en me consumant. »

ANATOLE DE SÉGUR.

## L'ENFANT ET LE MIROIR.

Un enfant élevé dans un pauvre village
Revint chez ses parents, et fut surpris d'y voir
   Un miroir.
  D'abord il aima son image ;
Et puis, par un travers bien digne d'un enfant
  Et même d'un être plus grand,
  Il veut outrager ce qu'il aime,
Lui fait une grimace, et le miroir la rend.
  Alors son dépit est extrême ;
  Il lui montre un poing menaçant,
  Il se voit menacé de même.
Notre marmot fâché s'en vient en frémissant
  Battre cette image insolente ;
Il se fait mal aux mains. Sa colère en augmente ;
  Et, furieux, au désespoir,
  Le voilà devant ce miroir,
  Criant, pleurant, frappant la glace.
Sa mère, qui survient, le console, l'embrasse,
  Tarit ses pleurs et doucement lui dit :
« N'as-tu pas commencé par faire la grimace
A ce méchant enfant qui cause ton dépit?
— Oui. — Regarde à présent : tu souris, il sourit ;
Tu tends vers lui les bras, il te les tend de même ;
Tu n'es plus en colère, il ne se fâche plus :

De la société tu vois ici l'emblème ;
  Le bien, le mal nous sont rendus. »

       FLORIAN.

## LE PETIT POISSON ET LE PÊCHEUR.

Petit poisson deviendra grand,
Pourvu que Dieu lui prête vie ;
Mais le lâcher en attendant,
Je tiens pour moi que c'est folie :
de le rattraper il n'est pas trop certain.
carpeau, qui n'était encore que fretin,
pris par un pêcheur au bord d'une rivière.
It fait nombre, dit l'homme, en voyant son butin ;
là commencement de chère et de festin :
Mettons-le en notre gibecière.
pauvre carpillon lui dit en sa manière :
ue ferez-vous de moi ? Je ne saurais fournir
Au plus qu'une demi-bouchée ;
Laissez-moi carpe devenir :
Je serai par vous repêchée ;
lque gros partisan m'achètera bien cher :
Au lieu qu'il vous en faut chercher
Peut-être encor cent de ma taille
ir faire un plat : quel plat ! croyez-moi, rien qui vaille.
Rien qui vaille ! eh bien ! soit, repartit le pêcheur,
sson, mon bel ami, qui faites le prêcheur,
Is irez dans ma poêle, et, vous avez beau dire,
Dès ce soir on vous fera frire. »

tiens vaut, se dit-on ; mieux que deux tu l'auras :
L'un est sûr, l'autre ne l'est pas.

LA FONTAINE.

## LE VIEUX PAPILLON ET LE JEUNE.

Fuyez, mon fils, fuyez cette flamme infidèle,
　　Disait un jour à son cher nourrisson
　　Un vieux routier de papillon.
Moi-même mainte fois je m'y suis brûlé l'aile ;
Moi-même bien souvent j'ai manqué d'y rester.
Fuyez-la donc, vous dis-je, avec un soin extrême.
Le jeune papillon promit de l'éviter.
　　Mais pourquoi donc, disait-il en lui-même,
Me tant recommander d'éviter ce flambeau ?
　　Il est si brillant et si beau !
　　Les vieilles gens sont trop timides ;
　　Un nain leur paraît un géant ;
Un petit moucheron leur est un éléphant.
　　S'il fallait les prendre pour guides,
On ne verrait partout que piége, que danger.
Voyons donc ces lueurs qu'on nous dit si perfides,
Et mettons-nous nous-même en état d'en juger.
A ces mots, tout autour des flammes homicides,
Notre papillonneau se mit à voltiger ;
Il n'y ressent d'abord qu'une chaleur flatteuse,
　　Il suit cette amorce trompeuse ;
　　De plus près il veut la sentir :
　　La flamme, par sa violence,
　　Le consume et le fait périr.
Voilà ce que produit la désobéissance.

R...

## L'HUITRE ET LES PLAIDEURS

Un jour deux pèlerins sur le sable rencontrent
Une huître, que le flot y venait d'apporter :
Ils l'avalent des yeux, du doigt ils se la montrent;
A l'égard de la dent il fallut contester.
L'un se baissait déjà pour ramasser la proie ;
L'autre le pousse, et dit : « Il est bon de savoir
  Qui de nous en aura la joie.
Celui qui le premier a pu l'apercevoir.
En sera le gobeur, l'autre le verra faire.
  — Si par là l'on juge l'affaire,
Reprit son compagnon, j'ai l'œil bon, Dieu merci.
  — Je ne l'ai pas mauvais aussi,
Dit l'autre; et je l'ai vue avant vous, sur ma vie.
— Eh bien! vous l'avez vue; et moi je l'ai sentie ! »
  Pendant tout ce bel incident,
Perrin Dandin arrive : ils le prennent pour juge.
Perrin, fort gravement, ouvre l'huître et la gruge,
  Nos deux messieurs le regardant.
Ce repas fait, il dit, d'un ton de président :
« Tenez, la cour vous donne à chacun une écaille,
Sans dépens, et qu'en paix chacun chez soi s'en aille. »

Mettez ce qu'il en coûte à plaider aujourd'hui;
Comptez ce qu'il en reste à beaucoup de familles :
Vous verrez que Perrin tire l'argent à lui,
Et ne laisse aux plaideurs que le sac et les quilles.

La Fontaine.

## LE LIÈVRE ET LA PERDRIX.

Il ne se faut jamais moquer des misérables,
Car qui peut s'assurer d'être toujours heureux?
    Le sage Ésope, dans ses fables,
      Nous en donne un exemple ou deux.
      Celui qu'en ces vers je propose,
      Et les siens, ce sont même chose.

Le lièvre et la perdrix, concitoyens d'un champ,
Vivaient dans un état, ce semble, assez tranquille,
    Quand une meute s'approchant
Oblige le premier à chercher un asile :
Il s'enfuit dans son fort, met les chiens en défaut,
      Sans même en excepter Brifaut.
      Enfin il se trahit lui-même
Par les esprits sortant de son corps échauffé.
Miraut, sur leur odeur ayant philosophé,
Conclut que c'est son lièvre, et d'une ardeur extrême
Il le pousse; et Rustaut, qui n'a jamais menti,
      Dit que le lièvre est reparti.
Le pauvre malheureux vient mourir à son gîte.
      La perdrix le raille et lui dit :
      « Tu te vantais d'être si vite !
Qu'as-tu fait de tes pieds? » Au moment qu'elle rit,
Son tour vient, on la trouve. Elle croit que ses ailes
La sauront garantir à toute extrémité,
      Mais la pauvrette avait compté
      Sans l'autour aux serres cruelles.

LA FONTAINE.

## LE DANSEUR DE CORDE ET LE BALANCIER.

Sur la corde tendue, un jeune voltigeur
Apprenait à danser; et déjà son adresse,
   Ses tours de force, de souplesse,
   Faisaient venir maint spectateur.
Sur son étroit chemin on le voit qui s'avance,
Le balancier en main, l'air libre, le corps droit,
   Hardi, léger autant qu'adroit.
Il s'élève, descend, va, vient, plus haut s'élance,
   Retombe, remonte en cadence,
   Et, semblable à certains oiseaux
Qui rasent en volant la surface des eaux,
   Son pied touche sans qu'on le voie
A la corde qui plie, et dans l'air le renvoie.
Notre jeune danseur, tout fier de son talent,
Dit un jour : « A quoi bon ce balancier pesant
   Qui me fatigue et m'embarrasse ?
Si je dansais sans lui, j'aurais bien plus de grâce,
   De force et de légèreté. »
Aussitôt fait que dit. Le balancier jeté,
Notre étourdi chancelle, étend les bras et tombe,
Il se casse le nez et tout le monde en rit.

Jeunes gens, jeunes gens, ne vous a-t-on pas dit
Que, sans règle et sans frein, tôt ou tard on succombe ?
La vertu, la raison, les lois, l'autorité,
Dans vos désirs fougueux vous causent quelque peine;
   C'est le balancier qui vous gêne,
   Mais qui fait votre sûreté.

FLORIAN.

## LA MÈRE, L'ENFANT ET LES SARIGUES.

« Maman, disait un jour à la plus tendre mère
Un enfant péruvien, sur ses genoux assis,
Quel est cet animal qui, dans cette bruyère,
    Se promène avec ses petits ?
Il ressemble au renard. — Mon fils, répondit-elle,
    Du sarigue c'est la femelle.
    Nulle mère pour ses enfants
N'eut jamais plus d'amour, plus de soins vigilants.
La nature a voulu seconder sa tendresse,
    Et lui fit près de l'estomac
Une poche profonde, une espèce de sac,
    Où ses petits, quand un danger les presse,
    Vont mettre à couvert leur faiblesse.
Fais du bruit, tu verras ce qu'ils vont devenir. »
L'enfant frappe des mains ; la sarigue attentive
    Se dresse, et d'une voix plaintive,
Jette un cri ; les petits aussitôt d'accourir,
    Et de s'élancer vers la mère,
En cherchant dans son sein leur retraite ordinaire.
    La poche s'ouvre, les petits
    En un instant y sont blottis.
Ils disparaissent tous ; la mère avec vitesse
    S'enfuit, emportant sa richesse.
La Péruvienne alors dit à l'enfant surpris :
    « Si jamais le sort t'est contraire,
Souviens-toi du sarigue ; imite-le, mon fils :
L'asile le plus sûr est le sein d'une mère. »

FLORIAN.

## LE RENARD ET LA CIGOGNE.

Compère le renard se mit un jour en frais,
Et retint à dîner commère la cigogne.
Le régal fut petit et sans beaucoup d'apprêts :
    Le galant, pour toute besogne,
Avait un brouet clair ; il vivait chichement.
Ce brouet fut par lui servi sur une assiette.
La cigogne au long bec n'en put attraper miette ;
Et le drôle eut lapé le tout en un moment.
A quelque temps de là, la cigogne le prie.
« Volontiers, lui dit-il ; car avec mes amis
    Je ne fais point cérémonie. »
    A l'heure dite, il courut au logis
    De la cigogne, son hôtesse ;
    Loua très fort sa politesse ;
    Trouva le dîner cuit à point ;
Bon appétit surtout ; renards n'en manquent point.
Il se réjouissait à l'odeur de la viande
Mise en menus morceaux, et qu'il croyait friande.
    On servit, pour l'embarrasser,
En un vase à long col et d'étroite embouchure.
Le bec de la cigogne y pouvait bien passer ;
Mais le museau du sire était d'autre mesure.
Il lui fallut à jeun retourner au logis,
Honteux comme un renard qu'une poule aurait pris,
    Serrant la queue, et portant bas l'oreille.

    Trompeurs, c'est pour vous que j'écris :
    Attendez-vous à la pareille.

                LA FONTAINE.

## LA POULE ET L'ALOUETTE.

Dans un vallon chargé d'épis,
Sous l'abri protecteur de la moisson flottante,
Une alouette prévoyante
Avait déposé ses petits.
Une poule, en ce lieu paissant à l'aventure,
La rencontre au moment où, volant à leurs cris,
Le bec chargé de nourriture,
Elle regagnait son logis.
« Heureuse mère, lui dit-elle,
Tu les réchauffes de ton aile ;
Tu jouis en repos des fils qui te sont chers ;
Tu les nourris sans trouble ; et ta jeune famille,
Avant que la moisson tombe sous la faucille,
Aura pris l'essor dans les airs.
Et moi, je cherche en vain où cacher ma couvée ;
A peine ai-je pondu qu'elle m'est enlevée ;
Et l'avare fermier me prive chaque jour
Des tristes fruits de mon amour.
— Je ressens ta douleur amère,
Lui répond la fille des champs ;
Mais ne t'en prends qu'à toi, ma chère,
A peine as-tu connu le plaisir d'être mère,
Que tu fais retentir les échos de tes chants.
Ton orgueil te décèle au fermier qui t'épie.
Ne cherchons point à faire envie ;
Cachons notre bonheur pour en jouir longtemps :
On le risque toujours quand on s'en glorifie. »

VIENNET.

## LA MAIN DROITE ET LA MAIN GAUCHE.

Tandis que sa main droite achevait un tableau,
   Certain professeur en peinture
Gourmandait sa main gauche, et disait : « La nature.
T'a fait là, pauvre peintre, un assez sot cadeau.
   Jamais une esquisse, une ébauche,
Un simple trait peut-il sortir de ta main gauche ?
   Sait-elle tenir un pinceau ?
Non, pas même un crayon ! Cependant, maladroite,
   N'as-tu pas cinq doigts bien comptés ?
   Pour faire en tout mes volontés,
   Qu'as-tu de moins que ma main droite ?
—Beaucoup, monsieur, répond pour le membre accusé
   L'un des cinq doigts, le petit doigt sans doute,
   Doigt très instruit, doigt très rusé,
Doigt qui sait ce qu'il dit, comme tel qui l'écoute.
La main droite à la gauche est semblable en tous points,
Dans l'état de nature ou l'état d'ignorance,
   Car c'est tout un ; mais quelle différence
Entre ces sœurs bientôt s'établit par vos soins,
Vers la droite en tout temps portés de préférence !
La main droite est toujours en opération ;
La main gauche en repos : voilà toute l'affaire.
On ne peut devenir habile à ne rien faire.
   Au seul défaut d'instruction
Attribuez, monsieur, l'impuissance où nous sommes.
   Croyez-vous l'éducation
Moins nécessaire aux mains qu'aux hommes ? »

ARNAULT.

## L'ANE ET LA FLUTE.

Les sots sont un peuple nombreux,
Trouvant toutes choses faciles :
Il faut le leur passer, souvent ils sont heureux;
Grand motif de se croire habiles.

Un âne, en broutant ses chardons,
Regardait un pasteur jouant, sous le feuillage,
D'une flûte dont les doux sons
Attiraient et charmaient les bergers du bocage.
Cet âne mécontent disait : « Ce monde est fou !
Les voilà tous, bouche béante,
Admirant un grand sot qui sue et se tourmente
A souffler dans un petit trou.
C'est par de tels efforts qu'on parvient à leur plaire.
Tandis que moi... Suffit... Allons-nous-en d'ici,
Car je me sens trop en colère. »
Notre âne, en raisonnant ainsi,
Avance quelques pas, lorsque sous la fougère
Une flûte oubliée en ces champêtres lieux
Se trouve sous ses pieds. Notre âne se redresse,
Sur elle de côté fixe ses deux gros yeux;
Une oreille en avant, lentement il se baisse,
Applique son naseau sur le pauvre instrument,
Et souffle tant qu'il peut. O hasard incroyable!
Il en sort un son agréable.
L'âne se croit un grand talent,
Et tout joyeux s'écrie en faisant la culbute :
« Eh ! je joue aussi de la flûte ! »

FLORIAN.

## LE TRÉSOR ET LES TROIS JEUNES HOMMES.

Trois hommes (c'est bien peu pour en trouver un bon)
D'un trésor en commun firent la découverte.
En profitèrent-ils? L'histoire dit que non;
Ils ne sont pas les seuls dont l'or ait fait la perte.
A quoi sert un trésor sans Bacchus et Cérès?
Ces hommes eurent faim; à la ville prochaine
L'un des trois du repas va chercher les apprêts.
« Pour ces gens-ci, dit-il, la mort serait certaine,
Si je voulais. Alors les dieux savent combien
De l'un et l'autre lot j'augmenterais le mien!
Et je laisse échapper une pareille aubaine!»
    On peut juger qu'il n'en fit rien.
Quiconque pense au crime est près de s'y résoudre.
Sur un plat du festin il met certaine poudre
Qui devait envoyer nos trouveurs de trésors
    Finir leur banquet chez les morts.
Pendant qu'en son esprit il supputait la somme,
Le couple de là-bas lui brassait même tour,
Et le même destin l'attendait au retour.
    Il vient, on l'embrasse, on l'assomme;
L'endroit qui cachait l'or tient le forfait caché :
    En place on enterre notre homme.
On divisa sa part avant d'avoir touché
    Aux mets apportés par le traître;
Mais l'effet du poison ne tarda pas beaucoup :
La mort fit cette fois trois conquêtes d'un coup,
    Et le trésor resta sans maître.

CH. NODIER.

## LE GRILLON.

Un pauvre petit grillon
Caché dans l'herbe fleurie
Regardait un papillon
Voltigeant dans la prairie.
L'insecte ailé brillait des plus vives couleurs;
L'azur, la pourpre et l'or éclataient sur ses ailes;
Jeune, beau, petit-maître, il court de fleurs en fleurs,
Prenant et quittant les plus belles.
« Ah! disait le grillon, que son sort et le mien
Sont différents! Dame nature
Pour lui fit tout, et pour moi rien.
Je n'ai point de talents, encor moins de figure;
Nul ne prend garde à moi, l'on m'ignore ici-bas!
Autant vaudrait n'exister pas. »
Comme il parlait, dans la prairie
Arrive une troupe d'enfants.
Aussitôt les voilà courants
Après ce papillon, dont ils ont tous envie.
Chapeaux, mouchoirs, bonnets, servent à l'attraper.
L'insecte vainement cherche à leur échapper;
Il devient bientôt leur conquête.
L'un le saisit par l'aile, un autre par le corps;
Un troisième survient et le prend par la tête :
Il ne fallait pas tant d'efforts
Pour déchirer la pauvre bête.
«Oh! oh! dit le grillon, je ne suis plus fâché;
Il en coûte trop cher pour briller dans le monde.
Combien je vais aimer ma retraite profonde!
Pour vivre heureux, vivons caché. »

FLORIAN.

## LE LOUP ET L'AGNEAU.

La raison du plus fort est toujours la meilleure.
Nous l'allons montrer tout à l'heure.
Un agneau se désaltérait
Dans le courant d'une onde pure.
Un loup survient à jeun, qui cherchait aventure,
Et que la faim en ces lieux attirait.
« Qui te rend si hardi de troubler mon breuvage ?
Dit cet animal plein de rage :
Tu seras châtié de ta témérité.
— Sire, répond l'agneau, que Votre Majesté
Ne se mette pas en colère :
Mais plutôt qu'elle considère
Que je vais me désaltérant
Dans le courant,
Plus de vingt pas au-dessous d'elle ;
Et que, par conséquent, en aucune façon,
Je ne puis troubler sa boisson.
— Tu la troubles ! reprit cette bête cruelle ;
Et je sais que de moi tu médis l'an passé.
— Comment l'aurais-je fait, si je n'étais pas né ?
Reprit l'agneau ; je tette encore ma mère.
— Si ce n'est toi, c'est donc ton frère.
— Je n'en ai point. — C'est donc quelqu'un des tiens :
Car vous ne m'épargnez guère,
Vous, vos bergers et vos chiens.
On me l'a dit : il faut que je me venge. »
Là-dessus, au fond des forêts,
Le loup l'emporte, et puis le mange,
Sans autre forme de procès.

LA FONTAINE.

## LA LAITIERE ET LE POT AU LAIT.

Perrette, sur sa tête ayant un pot au lait,
 Bien posé sur un coussinet,
Prétendait arriver sans encombre à la ville.
Légère et court vêtue, elle allait à grands pas,
Ayant mis ce jour-là, pour être plus agile,
 Cotillon simple et souliers plats.
 Notre laitière, ainsi troussée,
 Comptait déjà dans sa pensée
Tout le prix de son lait, en employait l'argent,
Achetait un cent d'œufs, faisait triple couvée :
La chose allait à bien par son soin diligent.
 « Il m'est, disait-elle, facile
D'élever des poulets autour de ma maison ;
 Le renard sera bien habile
S'il ne m'en laisse assez pour avoir un cochon.
Le porc à s'engraisser coûtera peu de son ;
Il était, quand je l'eus, de grosseur raisonnable ;
J'aurai, le revendant, de l'argent bel et bon.
Et qui m'empêchera de mettre en notre étable,
Vu le prix dont il est, une vache et son veau,
Que je verrai sauter au milieu du troupeau ? »
Perrette là-dessus saute aussi, transportée :
Le lait tombe ; adieu veau, vache, cochon, couvée.
La dame de ces biens, quittant d'un œil marri
 Sa fortune ainsi répandue,
 Va s'excuser à son mari,
 En grand danger d'être battue.
 Le récit en farce fut fait ;
 On l'appela le Pot au lait.

LA FONTAINE.

## LES DEUX BUISSONS.

Dans un jardin, côte à côte plantés,
Devisaient deux buissons d'espèces différentes.
    L'un offrait aux yeux enchantés
Un feuillage charmant et des fleurs odorantes.
    L'autre, au bois dur et raboteux,
Quoique doué pourtant de qualités utiles,
    De ses rameaux à la taille indociles
Jetait de tous côtés les grappins épineux.
« Comment fais-tu ? disait-il à son frère.
Chacun à ton aspect prend un air avenant,
T'aborde avec plaisir, te caresse, te flaire,
Te quitte avec regret et te revient souvent,
    Tandis qu'on me regarde à peine.
On me laisse en mon coin ; on n'ose me toucher ;
    On craint même de m'approcher.
D'où te vient tant d'amour ? D'où me vient tant de haine ?»

L'autre répond : « Ami, soyons de bonne foi ;
Personne impunément ne passe auprès de toi.
De ton bois hérissé l'inflexible rudesse
Oppose à tout venant quelque dard qui le blesse ;
    Et tu n'es qu'un objet d'effroi ;
    Tandis qu'à la main qui me presse,
    J'offre partout un feuillage moelleux ;
    Et le doux parfum que j'y laisse,
Loin d'écarter les gens, est un attrait pour eux.
Apprends à vivre seul, ou sois plus sociable.
    Le monde rend ce qu'on lui fait :
Il fuit ce qui repousse, il cherche ce qui plaît ;
Et qui veut être aimé doit au moins être aimable. »

VIENNET.

## LE SINGE ET LE CHAT.

Bertrand avec Raton, l'un singe et l'autre chat,
Commensaux d'un logis, avaient un commun maître.
D'animaux malfaisants c'étaient un très bon plat;
Ils n'y craignaient tous deux aucun, quel qu'il pût être.
Trouvait-on quelque chose au logis de gâté,
L'on ne s'en prenait point aux gens du voisinage :
Bertrand dérobait tout ; Raton, de son côté,
Etait moins attentif aux souris qu'au fromage.
Un jour, au coin du feu, nos deux maîtres fripons
　　Regardaient rôtir des marrons.
Les escroquer était une très bonne affaire :
Nos galants y voyaient double profit à faire,
Leur bien premièrement, et puis le mal d'autrui.
Bertrand dit à Raton : « Frère, il faut aujourd'hui
　　Que tu fasses un coup de maître ;
Tire-moi ces marrons. Si Dieu m'avait fait naître
　　Propre à tirer marrons du feu,
　　Certes marrons verraient beau jeu. »
Aussitôt fait que dit : Raton avec sa patte,
　　D'une manière délicate,
Ecarte un peu la cendre, et retire les doigts ;
　　Puis les reporte à plusieurs fois ;
Tire un marron, puis deux, et puis trois en escroque ;
　　Et cependant Bertrand les croque.
Une servante vient : adieu mes gens. Raton
　　N'était pas content, ce dit-on.
Aussi ne le sont pas la plupart de ces princes
　　Qui, flattés d'un pareil emploi,
　　Vont s'échauder en des provinces
　　Pour le profit de quelque roi.

　　　　　　　　　　　LA FONTAINE.

## LE JARDINIER ET LE GROSEILLIER.

Mon fils, de ta faible raison
Il est bien temps de faire usage ;
C'est précisément à ton âge
Que le travail est de saison.
Tu doubleras ta jouissance
En le mêlant à tes amusements ;
Aux jeux de ta première enfance
Dérobe donc quelques moments.
Je vais te conter une fable
Dont les acteurs sont sous tes yeux ;
Ce que l'on voit se comprend mieux,
Et le faux paraît vrai, dès qu'il est vraisemblable.

Dans une haie, au bord d'un grand chemin,
Un groseillier croissait, sans soins et sans culture ;
A peine montrait-il quelque peu de verdure,
Mais pour du fruit, pas plus que sur ma main !
Un jardinier le vit, le mit en son jardin,
Dont la terre était préparée ;
Engrais, labours, et tout ce qui s'ensuit,
Rien ne fut épargné ; dès la première année,
Le groseillier fut tout couvert de fruit.

Les noirs soucis, la jalousie,
Mille chagrins, mille dégoûts,
Sont les épines de la vie ;
C'est la haie où nous naissons tous.
Le groseillier dans l'état de nature,
C'est toi, mon fils, en ce moment ;
Le jardinier, c'est moi, certainement ;
L'étude sera la culture,
Et le fruit sera le talent.                    Vitallis

## LE HÉRON.

Un jour sur ses longs pieds allait je ne sais où
Le héron au long bec emmanché d'un long cou :
    Il côtoyait une rivière.
L'onde était transparente, ainsi qu'aux plus beaux jours;
Ma commère la carpe y faisait mille tours
    Avec le brochet son compère.
Le héron en eût fait aisément son profit :
Tous approchaient du bord; l'oiseau n'avait qu'à prendre.
    Mais il crut mieux faire d'attendre
    Qu'il eût un peu plus d'appétit.
Il vivait de régime, et mangeait à ses heures.
Après quelques moments, l'appétit vint : l'oiseau,
    S'approchant du bord, vit sur l'eau
Des tanches qui sortaient du fond de ces demeures.
Le mets ne lui plut pas; il s'attendait à mieux,
    Et montrait un goût dédaigneux
    Comme le rat du bon Horace.
« Moi, des tanches! dit-il; moi, héron, que je fasse
Une si pauvre chère! Et pour qui me prend-on ? »
La tanche rebutée, il trouva du goujon.
« Du goujon! c'est bien là le dîner d'un héron!
J'ouvrirais pour si peu le bec! aux dieux ne plaise! »
Il l'ouvrit pour bien moins : tout alla de façon,
    Qu'il ne vit plus aucun poisson.
La faim le prit : il fut tout heureux et tout aise
    De rencontrer un limaçon.

    Ne soyons pas si difficiles :
Les plus accommodants, ce sont les plus habiles;
On hasarde de perdre, en voulant trop gagner.
    Gardez-vous de rien dédaigner. LA FONTAINE.

## LES DEUX SAULES.

Un saule se plaignait que l'injuste nature
D'une main trop avare eût réglé sa stature.
  Il s'indignait contre les peupliers,
      Acacias et marronniers,
Qui, touchant de plus près à la voûte céleste,
Insultaient, disait-il, à sa taille modeste,
Du soleil fécondant lui volaient la chaleur,
      Et l'écrasaient de leur hauteur.

      Fatigué de ses doléances,
      Un saule pleureur, son voisin,
      Lui répondit : « Mon cher cousin,
      Je ne puis plaindre tes souffrances;
Car je suis plus petit, et, bien loin d'en gémir,
      Je suis prêt à m'en applaudir.
      Sais-tu pourquoi je sais me plaire
Dans ce modeste rang qui t'a mis en émoi?
      C'est que mon front est penché vers la terre,
      Et regarde au-dessous de moi;
Tandis que vers les lieux où gronde le tonnerre
      Tes rameaux sont toujours tendus,
      Et ne regardent qu'au-dessus,
L'aspect de qui te passe arme ta jalousie.
      Tu n'y vois que d'heureux rivaux
Dont la grandeur te blesse et t'humilie.
      Je ne vois que des arbrisseaux;
      Je me mesure à leurs rameaux,
Et jouis de mon sort sans connaître l'envie.
      Fais comme moi, si tu le peux,
      Ami; le secret d'être heureux
      Est dans cette philosophie. »          VIENNET.

## LE PREMIER LARCIN.

Près d'un clos entouré d'épineux arbrisseaux,
Un jeune voyageur, passant par aventure,
   Vit un poirier dont la verdure
S'effaçait sous les fruits qui chargeaient ses rameaux.
Une poire le tente ; il franchit la barrière,
Et déjà de ce fruit savoure la douceur,
Quand un chien se réveille, et ce gardien sévère
   S'élance sur le voyageur.

Contre cet ennemi, qui déjà le terrasse,
Le jeune homme est contraint de défendre ses jours :
Il redouble d'efforts, lutte, se débarrasse ;
Et sa main, d'une bêche empruntant le secours,
   Etend le dogue sur la place.
Aux aboîments du chien, le maître est accouru.
Il voit son cher Azor sur la terre sanglante ;
Et, d'un destin pareil menaçant l'inconnu,
Du tube meurtrier il presse la détente.
Le coup part, le plomb siffle à l'oreille tremblante
   Du voyageur, qu'il n'a point abattu.
Mais cet infortuné, qu'emporte la colère,
De la bêche à son tour frappe son adversaire ;
Et près de son Azor le maître est étendu.

Du criminel bientôt s'empare la justice.
Il pleure vainement son malheur et ses torts.
   Malgré ses pleurs et ses remords,
Le jeune voyageur est conduit au supplice.
« Hélas ! s'écriait-il, que mon sort est cruel !
Je lègue à ma famille une affreuse mémoire ;
   Je meurs comme un vil criminel,
Et ne voulais pourtant dérober qu'une poire. »

VIENNET.

## LE TROUPEAU DE COLAS.

la pointe du jour, sortant de son hameau,
as, jeune pasteur d'un assez beau troupeau,
    Le conduisait au pâturage.
    Sur sa route il trouve un ruisseau
, la nuit précédente, un effroyable orage
it rendu torrent ; comment passer cette eau ?
en, brebis, et berger, tout s'arrête au rivage.
faisant un circuit, l'on eût gagné le pont ;
ait bien le plus sûr, mais c'était le plus long ;
as veut abréger. D'abord il considère
    Qu'il peut franchir cette rivière ;
    Et, comme ses béliers sont forts,
    Il conclut que sans grands efforts
troupeau sautera. Cela dit, il s'élance ;
 chien saute après lui, béliers d'entrer en danse,
    A qui mieux mieux ; courage, allons !
    Après les béliers, les moutons ;
t est en l'air, tout saute : et Colas les excite,
    En s'applaudissant du moyen.
béliers, les moutons sautèrent assez bien :
    Mais les brebis vinrent ensuite,
agneaux, les vieillards, les faibles, les peureux,
    Les mutins, corps toujours nombreux,
refusaient le saut et sautaient de colère,
    Et, soit faiblesse, soit dépit,
    Se laissaient choir dans la rivière.
en noya le quart ; un autre quart s'enfuit,
    Et sous la dent du loup périt.
    Colas, réduit à la misère,
erçut, mais trop tard, que pour un bon pasteur,
    Le plus court n'est pas le meilleur.

                    FLORIAN.

### LE VOYAGEUR ET SA MONTRE.

Un enfant de Paris, tout fier de son berceau,
Mais à courir le monde occupant son jeune âge,
    Avant de se mettre en voyage,
Avait réglé sa montre au cadran du château.
    C'était un chef-d'œuvre impayable,
    Un mouvement à nul autre pareil,
    Qui, dans sa marche invariable,
    Aurait défié le soleil.
Dans Bruxelles d'abord mon jeune homme s'arrête.
Grâce aux lettres qu'il porte, on l'accueille, on le fête,
    On l'invite de toute part ;
Mais, à chaque dîner, rendez-vous ou rencontre,
    En prenant l'heure de sa montre,
    Il arrive toujours trop tard,
    Donnant pour excuse éternelle
Qu'il doit s'en rapporter à son bijou modèle,
    Que les horloges du pays
    Ont tort d'avancer sur Paris.
    A Londres, c'est une autre chance :
Les cadrans retardaient, il arrivait trop tôt,
    Et, s'en excusant comme un sot,
De sa montre toujours il vantait l'excellence.
    « Monsieur, lui dit un vieux marin,
Sur le globe avant vous j'ai bien fait du chemin.
J'ai vu bien des pays, bien des mœurs en ma vie ;
    Mais, sans prétendre y rien changer,
    Pour bien vivre avec l'étranger,
J'ai tâché d'oublier les mœurs de ma patrie.
Vous avez, dites-vous, un instrument parfait :
Je vous en félicite et ne vais à l'encontre ;
Mais sachez que toujours il faut régler sa montre
    Sur les cadrans du pays où l'on est. »    Viennet.

LE CHÈNE ET LE ROSEAU.

Le chêne un jour dit au roseau :
« Vous avez bien sujet d'accuser la nature,
Un roitelet pour vous est un pesant fardeau,
Le moindre vent qui, d'aventure,
Fait rider la face de l'eau,
Vous oblige à baisser la tête ;
Cependant que mon front, au Caucase pareil,
Non content d'arrêter les rayons du soleil,
Brave l'effort de la tempête.
Tout vous est aquilon, tout me semble zéphir.
Encore si vous naissiez à l'abri du feuillage
Dont je couvre le voisinage,
Vous n'auriez pas tant à souffrir,
Je vous défendrais de l'orage ;
Mais vous naissez le plus souvent
Sur les humides bords des royaumes du vent.
Là nature envers vous me semble bien injuste.
— Votre compassion, lui répondit l'arbuste,
Part d'un bon naturel. Mais quittez ce souci :
Les vents me sont moins qu'à vous redoutables :
Je plie et ne romps pas. Vous avez jusqu'ici
Contre leurs coups épouvantables
Résisté sans courber le dos ;
Mais attendons la fin. » Comme il disait ces mots,
Du bout de l'horizon accourt avec furie
Le plus terrible des enfants
Que le nord eût portés jusque-là dans ses flancs.
L'arbre tient bon ; le roseau plie.
Le vent redouble ses efforts,
Et fait si bien qu'il déracine
Celui de qui la tête au ciel était voisine,
Et dont les pieds touchaient à l'empire des morts !

### LE COCHE ET LA MOUCHE.

Dans un chemin montant, sablonneux, malaisé,
Et de tous les côtés au soleil exposé,
    Six forts chevaux tiraient un coche.
Femmes, moine, vieillards, tout était descendu :
L'attelage suait, soufflait, était rendu.
Une mouche survient et des chevaux s'approche,
Prétend les animer par son bourdonnement,
Pique l'un, pique l'autre, et pense à tout moment
    Qu'elle fait aller la machine ;
S'assied sur le timon, sur le nez du cocher.
    Aussitôt que le char chemine
    Et qu'elle voit les gens marcher,
Elle s'en attribue uniquement la gloire,
Va, vient, fait l'empressée : il semble que ce soit
Un sergent de bataille, allant en chaque endroit
Faire avancer ses gens et hâter la victoire.
    La mouche en ce commun besoin,
Se plaint qu'elle agit seule et qu'elle a tout le soin ;
Qu'aucun n'aide aux chevaux à se tirer d'affaire.
    Le moine disait son bréviaire :
Il prenait bien son temps ! Une femme chantait :
C'était bien de chansons qu'alors il s'agissait !
Dame mouche s'en va chanter à leurs oreilles,
    Et fait cent sottises pareilles.
Après bien du travail, le coche arrive au haut.
« Respirons maintenant ! dit la mouche aussitôt :
J'ai tant fait que nos gens sont enfin dans la plaine.
Çà, messieurs les chevaux, payez-moi de ma peine. »

Ainsi certaines gens, faisant les empressés,
    S'introduisent dans les affaires :
    Ils font partout les nécessaires,
Et, partout importuns, devraient être chassés.

La Fontaine.

### L'AGNEAU ET LE LOUP.

Un agneau propre et blanc buvait dans un ruisseau.
Le loup vient et lui dit : « Tu m'as sali cette eau,
    Il faut que je te mange. »
Le mouton répondit, avec une voix d'ange :
« Grâce, monsieur le Loup, ne soyez pas méchant !
Je vais boire plus loin. » Le loup se rapprochant :
« Moi, méchant ! Je suis donc un méchant, à t'en croire ?
    Je t'aurais pardonné de boire,
    Mais cette injure veut du sang.
    Tu vas mourir : je te dévore ! »
Une voix dans l'instant s'écria : « Pas encore ! »
Et c'était un chasseur, qui, près de là passant,
    Voyant l'abominable bête
    Courir sur l'agneau frémissant,
Lui décharge d'un coup son fusil dans la tête.
L'agneau joyeux se sauve, et paf ! le loup est mort.
Les agneaux ont raison : les loups ont toujours tort.

L. Ratisbonne.

### L'AVEUGLE ET LE PARALYTIQUE.

    Aidons-nous mutuellement,
La charge des malheurs en sera plus légère ;
    Le bien que l'on fait à son frère
Pour le mal que l'on souffre est un soulagement.
Confucius l'a dit ; suivons tous sa doctrine.
Pour la persuader aux peuples de la Chine,
    Il leur contait le trait suivant.

    Dans une ville de l'Asie
    Il existait deux malheureux,
L'un perclus, l'autre aveugle, et pauvres tous les deux.

Ils demandaient au ciel de terminer leur vie ;
   Mais leurs vœux étaient superflus :
Ils ne pouvaient mourir. Notre paralytique,
Couché sur un grabat dans la place publique,
Souffrait sans être plaint ; il en souffrait bien plus.
   L'aveugle, à qui tout pouvait nuire,
   Etait sans guide, sans soutien,
   Sans avoir même un pauvre chien
   Pour l'aimer et pour le conduire.
   Un certain jour, il arriva
Que l'aveugle à tâtons, au détour d'une rue,
   Près du malade se trouva ;
Il entendit ses cris, son âme en fut émue.
   Il n'est tels que les malheureux
   Pour se plaindre les uns les autres.
« J'ai mes maux, lui dit-il, et vous avez les vôtres ;
Unissons-les, mon frère : ils seront moins affreux.
— Hélas ! dit le perclus, vous ignorez, mon frère,
   Que je ne puis faire un seul pas ;
   Vous-même vous n'y voyez pas :
A quoi nous servirait d'unir notre misère ?
— A quoi ! répond l'aveugle, écoutez : à nous deux
Nous possédons le bien à chacun nécessaire ;
   J'ai des jambes, et vous des yeux :
Moi, je vais vous porter ; vous, vous serez mon guide :
Vos yeux dirigeront mes pas mal assurés ;
Mes jambes, à leur tour, iront où vous voudrez.
Ainsi, sans que jamais notre amitié décide
Qui de nous deux remplit le plus utile emploi,
Je marcherai pour vous, vous y verrez pour moi. »

Florian.

## LES DEUX VOYAGEURS.

Le compère Thomas et son ami Lubin
Allaient à pied tous deux à la ville prochaine.
  Thomas trouve sur son chemin
  Une bourse de louis pleine;
Il l'empoche aussitôt. Lubin, d'un air content,
  Lui dit : « Pour nous la bonne aubaine!
  — Non, répond Thomas froidement,
Pour *nous* n'est pas bien dit; pour *moi*, c'est différent. »
Lubin ne souffle plus; mais, en quittant la plaine,
Ils trouvent des voleurs cachés au bois voisin.
  Thomas tremblant, et non sans cause,
Dit : « Nous sommes perdus! — Non, lui répond Lubin,
*Nous* n'est pas le vrai mot; mais *toi*, c'est autre chose. »
Cela dit, il s'échappe à travers le taillis.
Immobile de peur, Thomas est bientôt pris;
  Il tire la bourse et la donne.

Qui ne songe qu'à soi, quand la fortune est bonne,
  Dans le malheur n'a point d'amis.

      Florian.


## LE CHATEAU DE CARTES.

Un bon mari, sa femme et deux jolis enfants
Coulaient en paix leurs jours dans le simple ermitage
Où, paisibles comme eux, vécurent leurs parents.
Ces époux, partageant les doux soins du ménage,
Cultivaient leur jardin, recueillaient leurs moissons;
Et le soir, dans l'été, soupant sous le feuillage,
  Dans l'hiver, devant les tisons,

Ils prêchaient à leurs fils la vertu, la sagesse ;
Leur parlaient du bonheur qu'ils procurent toujours ;
Le père par un conte égayait ses discours,
    La mère par une caresse.
L'aîné de ces enfants, né grave, studieux,
    Lisait et méditait sans cesse ;
Le cadet, vif, léger, mais plein de gentillesse,
Sautait, riait toujours, ne se plaisait qu'aux jeux.
Un soir, selon l'usage, à côté de leur père,
Assis près d'une table où s'appuyait la mère,
L'aîné lisait Rollin ; le cadet peu soigneux
D'apprendre les hauts faits des Romains ou des Parthes,
Employait tout son art, toutes ses facultés,
A joindre, à soutenir par les quatre côtés
    Un fragile château de cartes.
Il n'en respirait pas d'attention, de peur.
    Tout à coup, voici le lecteur
Qui s'interrompt : « Papa, dit-il, daignez m'instruire
Pourquoi certains guerriers sont nommés conquérants,
    Et d'autres, fondateurs d'empire :
    Ces deux noms sont-ils différents ? »
Le père méditait une réponse sage,
Lorsque son fils cadet, transporté de plaisir,
Après tant de travail, d'avoir pu parvenir
    A placer son second étage,
S'écrie : « Il est fini ! » Son frère murmurant
Se fâche, et d'un seul coup détruit son long ouvrage ;
    Et voilà le cadet pleurant.
    « Mon fils, répond alors le père,
    Le fondateur, c'est votre frère,
    Et vous êtes le conquérant. »

                      FLORIAN.

# POÉSIES DIVERSES

---

QUATRAINS RELIGIEUX ET MORAUX, EXTRAITS DE DIVERS
AUTEURS.

### 1.

Tout annonce d'un Dieu l'éternelle existence ;
On ne peut le comprendre, on ne peut l'ignorer ;
La voix de l'univers annonce sa puissance,
Et la voix de nos cœurs dit qu'il faut l'adorer.

### 2.

C'est lui qui fit le monde, et la terre et les cieux.
C'est lui qui nous a faits, nous sommes sous ses yeux.
C'est lui qui chaque jour soutient notre existence.
Comment payer ces dons ? Par la reconnaissance.

### 3.

Des soins que nos parents nous donnent chaque jour
Que notre attachement soit une récompense.
Qu'ils doivent nos efforts et notre obéissance
Moins aux lois du devoir qu'à celles de l'amour.

### 4.

Combien on doit aimer ses frères et ses sœurs !
Que ces liens sont doux ! Ensemble, dès l'enfance,
Unis par les devoirs, unis par la naissance,
Où trouver des amis et plus sûrs et meilleurs ?

**5.**

Il faut, autant qu'on peut, obliger tout le monde :
On peut avoir besoin d'un plus petit que soi.
Reçoit-on un bienfait, qu'un bienfait y réponde ;
Il se faut entr'aider, c'est la commune loi.

**6.**

De la tendre amitié pour goûter les délices,
Il faut par la vertu que les cœurs soient unis.
L'homme vertueux seul peut avoir des amis ;
Les amis du méchant ne sont que ses complices.

**7.**

Aimons-nous, mes enfants, chérissons nos semblables ;
C'est de tous nos devoirs sans doute le plus doux.
Sans cesse nos besoins nous disent : Aimez-vous.
Les cœurs indifférents sont les seuls misérables.

**8.**

N'attendez pas toujours qu'on implore vos soins :
Allez des malheureux prévenir les besoins ;
Et songez qu'un bienfait qui vient sans qu'on l'attende
Fait bien plus de plaisir que celui qu'on demande.

**9.**

A quoi nous servirait d'avoir de la richesse,
Si ce n'était, enfants, pour aider le prochain ?
Logés, vêtus, nourris avec délicatesse,
Songez combien de gens n'ont pas même de pain !

10.

Pour s'instruire de son devoir,
Il est toujours temps de s'y prendre :
On rougit de ne pas savoir,
Jamais on ne rougit d'apprendre.

11.

On doit son existence à la seule nature;
Mais on n'a des talents que par l'instruction.
Voyez dans nos jardins, rien ne vient sans culture :
La culture de l'homme est l'éducation.

12.

Notre vie est si courte! il la faut employer :
Instruisez-vous, enfants, dès l'âge le plus tendre;
Vous serez malheureux si vous cessez d'apprendre,
Et c'est un jour perdu qu'un jour sans travailler.

13.

Ne vous laissez jamais aller à la paresse;
Faites tous vos devoirs avec la même ardeur.
Le dégoût suit toujours l'indolente mollesse;
La peine surmontée augmente le bonheur.

14.

Quand vous aurez bien fait votre tâche ordinaire,
Votre esprit en repos sera bien plus heureux.
Afin qu'un plaisir vif accompagne vos jeux,
Soyez contents de vous, n'ayez plus rien à faire.

### 15.

Comme un poison mortel, fuyons l'oisiveté :
Elle est l'arbre du mal, son fruit est infecté ;
Elle devient pour nous pire que cette rouille
Qui s'attache aux métaux, qui les ronge et les souille.

### 16.

Evitez le mensonge avec un soin extrême ;
Si l'on remarque en vous peu de sincérité,
On ne vous croira pas, lors même
Que vous direz la vérité.

### 17.

C'est un bien grand défaut que d'aller rapporter :
Ne vous permettez pas cette lâche vengeance.
Si l'on vous fait du mal, sachez le supporter ;
Qu'un oubli généreux suive à l'instant l'offense.

### 18.

Deux enfants, deux amis ont-ils une dispute,
J'entends dire à chacun que l'autre a commencé.
Eh bien ! que ton orgueil lui cède et s'exécute ;
De te raccommoder, toi, sois le plus pressé.

### 19.

Contre la conscience il n'est point de refuge :
Elle parle en nos cœurs ; rien n'étouffe sa voix,
Et de nos actions elle est tout à la fois
La loi, l'accusateur, le témoin et le juge.

## LE PRIX DU TEMPS.

Economisons nos instants,
Car les heures que Dieu nous donne
Seules sont des trésors constants.
Une seule avarice est bonne,
C'est l'avarice de son temps.

## LA BIENFAISANCE.

La fortune ici-bas n'est pour nous qu'une épreuve.
Qui possède beaucoup doit donner beaucoup d'or,
Et qui possède peu devra donner encor;
C'est le cœur qui fait tout : le denier de la veuve
Sera compté comme un trésor.

GUIRAUD.

## DUPE ET FRIPON.

Le désir de gagner, qui nuit et jour occupe,
Est un dangereux aiguillon :
Souvent, quoique l'esprit, quoique le cœur soit bon,
On commence par être dupe,
On finit par être fripon.

M<sup>me</sup> DESHOULIÈRES.

## LA CLÉMENCE.

Envers nos ennemis montrons de la clémence;
Les grands cœurs que le ciel a pourvus de ce don
Trouvent, en se mettant au-dessus de l'offense,
Plus de gloire dans le pardon
Que de plaisir dans la vengeance.

LEBRUN.

## L'IMPIE.

J'ai vu l'impie adoré sur la terre :
Pareil au cèdre, il cachait dans les cieux
    Son front audacieux ;
Il semblait à son gré gouverner le tonnerre,
    Foulait aux pieds ses ennemis vaincus ;
Je n'ai fait que passer, il n'était déjà plus.

Racine.

## LE LIVRE DE LA VIE.

Le livre de la vie est le livre suprême
Qu'on ne peut ni fermer, ni rouvrir à son choix.
Le passage adoré ne s'y lit pas deux fois ;
Mais le feuillet fatal se tourne de lui-même.
On voudrait revenir à la page où l'on aime,
Et la page où l'on meurt est déjà sous nos doigts.

A. DE Lamartine.

## BONHEUR D'UNE VIE INNOCENTE.

Demeurons dans le poste où le ciel nous a mis ;
Et, s'il nous en rappelle, à ses ordres soumis,
Partons. Heureux alors qui, tournant en arrière
Un regard sur les pas de toute sa carrière,
Sur tant de jours passés qu'il se rendra présents,
Quelque nombreux qu'ils soient, les voit tous innocents.

Racine fils.

## LE SOMMEIL ET L'ESPÉRANCE.

Du Dieu qui nous créa la clémence infinie,
Pour adoucir les maux de cette courte vie,
A placé parmi nous deux êtres bienfaisants,
De la terre à jamais aimables habitants,
Soutiens dans les travaux, trésors dans l'indigence :
L'un est le doux Sommeil, et l'autre l'Espérance.

Voltaire.

## LA JUSTICE DE DIEU.

L'Eternel est son nom, le monde est son ouvrage.
Il entend les soupirs de l'humble qu'on outrage,
Juge tous les mortels avec d'égales lois,
Et du haut de son trône interroge les rois.
Des plus fermes Etats la chute épouvantable,
Quand il veut, n'est qu'un jeu de sa main redoutable.

RACINE.

## L'HOMME PIEUX.

D'un cœur qui t'aime,
Mon Dieu, qui peut troubler la paix?
Il cherche en tout ta volonté suprême,
Et ne se cherche jamais.
Sur la terre, dans le ciel même,
Est-il d'autre bonheur que la tranquille paix
D'un cœur qui t'aime?

LE MÊME.

## L'ORPHELIN.

Où sont, mon Dieu, ceux qui devraient sur terre
Guider mes pas?
Tous les enfants ont un père, une mère;
Je n'en ai pas.
Mais une voix murmure à mon oreille :
Lève les yeux;
Pour l'orphelin un père est là qui veille
Du haut des cieux.

M<sup>me</sup> A. TASTU.

## BONTÉ DE DIEU.

Que le Seigneur est bon, que son joug est aimable !
Heureux qui dès l'enfance en connaît la douceur !
Jeune peuple, courez à ce maître adorable :
Les biens les plus charmants n'ont rien de comparable
Aux torrents de plaisir qu'il répand dans un cœur.

RACINE.

## MÊME SUJET.

Ce riant tapis de verdure
Qui pare si bien nos bosquets ;
Ce zéphyr dont l'haleine pure
En rend les ombrages si frais ;
Ces œillets, ces lis et ces roses
Répandant des parfums si doux ;
Ces fruits délicieux.... tant d'admirables choses,
Ce Dieu les fit toutes pour nous.

BLONDEAU DE COMMERCY.

## LA LOI DE DIEU.

Dieu donne aux fleurs leur aimable peinture ;
Il fait naître et mûrir les fruits ;
Il leur dispense avec mesure
Et la chaleur des jours, et la fraîcheur des nuits.
Le champ qui les reçut les rend avec usure.
Il commande au soleil d'animer la nature,
Et la lumière est un don de ses mains ;
Mais sa loi sainte, sa loi pure,
Est le plus riche don qu'il ait fait aux humains.

RACINE.

## DIEU.

C'est Dieu qui du néant a tiré l'univers;
C'est lui qui sur la terre a répandu les mers,
Qui de l'air étendit les humides contrées,
Qui sema de brillants les voûtes azurées,
Qui fit naître la guerre entre les éléments,
Et qui régla des cieux les divers mouvements.
La terre à son pouvoir rend un muet hommage;
Les rois sont ses sujets, le monde est son partage.
Tout subsiste par lui, sans lui rien n'eût été,
Et lui seul des mortels est la félicité !

ROTROU.

### BONHEUR DE L'ENFANT PIEUX.

Oh! bienheureux mille fois
L'enfant que le Seigneur aime,
Qui de bonne heure entend sa voix,
Et que ce Dieu daigne instruire lui-même !
Loin du monde élevé, de tous les dons des cieux
Il est orné dès sa naissance;
Et du méchant l'abord contagieux
N'altère point son innocence.
Tel en un secret vallon,
Sur le bord d'une onde pure,
Croît à l'abri de l'aquilon
Un jeune lis, l'amour de la nature.
Heureux, heureux mille fois
L'enfant que le Seigneur rend docile à ses lois.

RACINE.

## LE TRAVAIL ET L'OISIVETÉ.

Comme la bienfaisante pluie
Féconde la terre en été,
Dieu fit, pour féconder la vie,
Le travail et l'activité.
Ne laissons point d'heure inutile;
Songeons que la paille stérile
Est foulée aux pieds du glaneur;
Puissent s'amasser nos journées
Comme les gerbes moissonnées
Dans le grenier du laboureur !

M<sup>me</sup> A. TASTU.

### MÊME SUJET.

Travailler, c'est embellir
Le cours de la vie;
Sans peine point de plaisir :
La paresse ennuie.
D'un long et triste loisir
Que Dieu me délivre!
Le paresseux sait gémir,
Il ne sait pas vivre.

Travail et franche gaîté
Ont, par privilége,
Grâces, vigueur et santé
Pour riant cortége.
Allons, amis, déployons
Un noble courage;
Dieu l'ordonne, travaillons!
Du cœur à l'ouvrage !

R....

## LA PRIÈRE.

Don sublime! sainte prière!
Toi qui te fais entendre à toute heure, en tous lieux;
    Lien du ciel avec la terre,
Quelle âme n'a senti ton charme précieux?

Qu'es-tu, sinon la voix de l'innocence,
Le regard du pécheur élevé vers les cieux,
    Le cri de la reconnaissance,
    Ou le soupir du malheureux?

DE JUSSIEU.

### MÊME SUJET.

Voici le soir : enfants, n'avez-vous rien à dire
Au Dieu qui vous donna votre mère et vos sœurs?
Il écoute, il est bon, et vers lui vous attire.
Pour lui votre prière est un encens de fleurs.
Tous, qui que vous soyez, enfants de pauvres femmes,
Enfants des laboureurs, des riches, des heureux,
Priez, Dieu vous bénit, et lui, qui voit vos âmes,
Vous trouve tous pareils, comme les lis entre eux.
Priez tous; car Dieu vient à tous ceux qui l'appellent,
Innocents ou pécheurs, vers lui le front courbé;
C'est lui qui tend la main quand un homme est tombé,
Et c'est lui qui soutient les enfants qui chancellent.
Priez : pour lui porter vos prières, vos vœux,
Jésus, qui fut enfant, vous écoute des cieux.

Mme A. SÉGALAS.

## SAGESSE ET BONTÉ.

Ne vois le malheureux que pour le soulager;
Ne pense à tes défauts que pour t'en corriger;
Aux lois de l'Eternel tiens ton âme asservie;
    Et, pour un plaisir passager,
      Où l'ange de la mort te convie,
    Ne mets jamais ton salut en danger.
Corrige sans aigreur, souffre sans te venger;
Etouffe en toi l'orgueil, la colère et l'envie;
    Et songe bien, tous les jours de ta vie,
D'où tu viens, où tu vas, et qui doit te juger.

CHEVREAU.

### PRIÈRE D'UN ENFANT.

Notre Père des cieux, Père de tout le monde,
De tes petits enfants, oh! c'est toi qui prends soin;
Mais à tant de bontés tu veux que l'on réponde,
Et qu'on demande aussi, dans une foi profonde,
    Les choses dont on a besoin.

Je tiens tout de ta main : la vie et la lumière,
Le blé qui fait le pain, les fleurs que j'aime à voir,
Et mon père et ma mère, et ma famille entière;
Mais je n'ai rien pour toi, mon Dieu, que la prière
    Que je te dis matin et soir.

Notre Père des cieux, bénis donc ma jeunesse;
Pour mes parents chéris je te prie avec foi;
Afin qu'ils soient heureux donne-moi la sagesse,
Et fais que leur enfant les contente sans cesse
    Pour être aimés d'eux et de toi.

M<sup>me</sup> A. TASTU.

## A MES OISEAUX.

Oh! que vous chantez bien, mes petits canaris!
C'est que vous avez tout à souhait : belle cage,
Grain nouveau, gai soleil, air pur et frais breuvage,
Et votre joie éclate en vos airs favoris.

Mais savez-vous, au moins, d'où vous vient cette fête?
Moi, j'achète ce grain dont vous êtes friands :
Mais qui l'a fait germer et mûrir dans les champs?
Je vous verse cette eau : mais cette eau, qui l'a faite?

Qui donc a fait couler le limpide ruisseau
Où, dans mon gobelet, pour vous je l'ai puisée?
C'est moi qui vous ai mis tout près de la croisée,
Quand j'ai vu ce jour pur et ce soleil si beau :

Mais d'où vient ce beau jour, et d'où vient l'astre même?
Qui l'a formé? Qui l'a suspendu dans les airs
Pour être bienfaiteur et roi de l'univers?
Dites, le savez-vous? C'est quelqu'un qui vous aime.

C'est Dieu, mes canaris! La graine et le ruisseau,
L'azur et le soleil, et les cieux et la terre
Sont son œuvre : et c'est lui qui, comme un tendre père,
S'occupe de l'enfant et prend soin de l'oiseau!

C'est Dieu qui vous a faits; c'est Dieu qui vous apprête
Ce repas, cet abri; c'est lui qui vous revêt,
Dans la saison d'hiver, de ce moelleux duvet
Où, pour vous endormir, vous cachez votre tête;

Lui qui vous a donné ces jolis petits yeux,
Et cette douce voix aux sémillants ramages!
A lui donc tous vos chants, à lui tous vos hommages!
Chantez, petits oiseaux, Dieu vous entend des cieux.

TOURNIER.

### L'ENFANT CO   UIT PAR LE SEIGNEUR.

Celui que le Seigneur instruit dès son enfance,
Celui que sur ses pas il mène par la main,
Jamais contre le mal ne sera sans défense;
C'est le Seigneur qui garde et bénit son chemin.

S'il bronche, il le soutient, l'affermit, le redresse;
Si son cœur loin de lui s'égare par moments,
Le Seigneur le ramène à force de tendresse,
Par la crainte, et l'amour, et les doux châtiments.

TOURNIER.

### LE PRINTEMPS.

L'hiver a fui. La neige et la froidure
N'ont plus pour nous de menaçants retours;
Un gai soleil réchauffe la nature,
    Et voici les premiers beaux jours.

Oh! qu'ils sont beaux! qu'elle est riante et douce
Cette nature à nos yeux renaissant!
Ces quelques fleurs éparses dans la mousse,
    Et ce feuillage verdissant!

Le monde entier semble ravi de joie;
Les champs, les fleurs, les forêts, les buissons,
Et les oiseaux dont l'aile se déploie,
    Tout semble dire : Bénissons!

Bénissons Dieu! dit le ciel à la terre;
Bénissons Dieu! répond la terre au ciel;
Et toi, mon cœur, pourrais-tu bien te taire?
    Bénis le Seigneur, l'Eternel!

LE MÊME.

## LE RUISSEAU.

« Où va le volume d'eau
Que roule ainsi ce ruisseau?
Dit un enfant à sa mère.
Sur cette rive si chère
Dont nous le voyons partir,
Le verrons-nous revenir?
— Non, mon fils, loin de sa source
Ce ruisseau fuit pour toujours;
Et cette onde, dans sa course,
Est l'image de nos jours. »

M<sup>me</sup> A. Tastu.

## LA FEUILLE.

« De ta tige détachée,
Pauvre feuille desséchée,
Où vas-tu?— Je n'en sais rien :
L'orage a brisé le chêne
Qui seul était mon soutien.
De son inconstante haleine,
Le zéphyr ou l'aquilon,
Depuis ce jour me promène
De la forêt à la plaine,
De la montagne au vallon.
Je vais où le vent me mène,
Sans me plaindre ou m'effrayer;
Je vais où va toute chose,
Où va la feuille de rose
Et la feuille de laurier. »

Arnault.

### LA MÈRE ET L'ENFANT.

Bonne mère, avant ma naissance,
Dis-moi donc, qui donc existait?

— Mais j'étais avant toi, je pense,
Car c'est ta mère qui t'a fait.

— Alors, avant toi, bonne mère,
Qui donc existait?

      — Mon enfant,
Ma mère existait, et mon père.

— Eh bien! encore auparavant?

— C'était la mère de ma mère,
C'était le père de mon père,
Et toujours ainsi remontant
Bien loin, bien loin...

      — Jusques à quand?

— Jusqu'au moment où sur la terre
Un seul homme existait.

      — Comment!
Un seul?

   — Oui.

      — Mais avant cet homme?...

— Avant lui quelqu'un de si grand,
Que nul ne fut auparavant.

— Maman, ce quelqu'un-là se nomme?...

— Il se nomme Dieu, mon enfant.

       TOURNIER.

## BEAUTÉ DE LA CRÉATION.

Tout ce qui vient de Dieu porte un cachet sublime :
Les rayons du soleil, la montagne et l'abîme,
L'abeille murmurante et les oiseaux chantants,
Les trésors de la terre et ceux des mers fécondes,
La brise des forêts et l'haleine des mondes,
   Les fleurs et les enfants !

LOUISE COLLET.

## LES SAISONS.

Chaque saison dans la nature
Nous offre de nouveaux attraits;
Chaque saison a sa parure,
Et ses plaisirs et ses bienfaits.

La terre au Printemps se couronne
De frais gazons, de riches fleurs;
En Eté le bon Dieu nous donne
La moisson avec les chaleurs.

L'Automne apporte en abondance
Raisins et fruits délicieux;
L'Hiver étend sur la semence
Un tapis qui sert à nos jeux.

Chaque saison dans la nature
Nous offre de nouveaux attraits;
Chaque saison a sa parure,
Et ses plaisirs et ses bienfaits.

L. ROEHRICH.

## MA MÈRE.

Qui donc m'a donné la naissance?
Qui me soigna dans mon enfance?
C'est celle à qui durant les jours
    Je pense.
Oh! ma mère, sois mes amours
    Toujours!

Qui me chérit avec tendresse,
Et pour moi travaille sans cesse?
Qui donc sur son sein tous les jours
    Me presse?
Toi, ma mère; sois mes amours
    Toujours!

Qui, lorsque je souffre, s'éveille,
A mes plaintes prêtant l'oreille?
Près de moi qui passe les jours
    Et veille?
Toi, ma mère; sois mes amours
    Toujours!

Pourrais-je par l'ingratitude
Payer tant de sollicitude?
Que te chérir sois de mes jours
    L'étude!
Oh! ma mère, sois mes amours
    Toujours!

Anonyme.

### L'ENFANT ET LE PETIT OISEAU.

**L'Enfant.**

Petit oiseau, viens avec moi;
Vois ta cage si bien posée,
Ces fruits que j'ai cueillis pour toi,
Ces fleurs humides de rosée.

**L'Oiseau.**

Petit enfant, je vis heureux,
Etre libre est ma seule envie;
Mon petit nid me plaît bien mieux
Que la cage la plus jolie.

**L'Enfant.**

Petit oiseau, le doux printemps
Ne dure pas toute l'année;
Que feras-tu lorsque les vents
Auront dépouillé la ramée?

**L'Oiseau.**

Vers le Midi je chercherai
Plus beau climat, plus vert feuillage;
Puis au printemps je reviendrai
T'amuser de mon doux ramage.

**L'Enfant.**

Pauvre petit, qui te dira
Le droit chemin que tu dois suivre?
Sur les mers qui te conduira?
Reste avec moi si tu veux vivre.

**L'Oiseau.**

Enfant, je saurai préférer
Le plus grand péril à la chaîne;
D'ailleurs je ne puis m'égarer:
Dieu me conduit et me ramène.

Mlle DE CHABAUD-LATOUR.

## CHANSON DES PETITS SAVOYARDS.

Voici les petits savoyards !
Qui veut voir la marmotte en vie ?
Elle mérite vos regards :
Elle est si douce et si jolie !
Cette marmotte et notre habit,
L'écuelle qui nous est commune,
La hotte qui nous sert de lit,
Voilà quelle est notre fortune.

Mais nous dormons toute la nuit,
Nous chantons toute la journée ;
Sans mesurer le temps qui fuit,
Gaîment nous achevons l'année.
Dans notre grenier point de feu ;
Le soleil l'éclaire, ou la lune ;
Mais nous vivons contents de peu,
Qu'avons-nous besoin de fortune ?

Celui qui des petits oiseaux
Conserve la frêle existence,
Saura de chagrins et de maux
Préserver aussi notre enfance.
Partout nous goûtons le bonheur,
Sans souci ni crainte importune ;
Car nous avons la paix du cœur,
Qui vaut bien mieux que la fortune !

FRÉDÉRIC CHAVANNES.

## LE PÈRE ET L'ENFANT.

**L'ENFANT.**

Père, apprenez-moi, je vous prie,
Ce qu'on trouve après le coteau
Qui borne à mes yeux la prairie?

**LE PÈRE.**

On trouve un espace nouveau ;
Comme ici, des bois, des campagnes,
Des hameaux, enfin des montagnes.

**L'ENFANT.**

Et plus loin?

**LE PÈRE.**

D'autres monts encor.

**L'ENFANT.**

Après ces monts?

**LE PÈRE.**

La mer immense.

**L'ENFANT.**

Après la mer?

**LE PÈRE.**

Un autre bord.

**L'ENFANT.**

Et puis?

**LE PÈRE.**

On avance, on avance,
Et l'on va si loin, mon petit,
Si loin, toujours faisant sa ronde,
Qu'on trouve enfin le bout du monde...
Au même lieu d'où l'on partit.

J.-J. PORCHAT.

## LA PETITE MENDIANTE.

C'est la petite mendiante
Qui vous demande un peu de pain ;
Donnez à la pauvre innocente,
Donnez, donnez, car elle a faim.
Ne rejetez pas ma prière,
Votre cœur vous dira pourquoi ;
J'ai six ans, je n'ai plus de mère,
J'ai faim, ayez pitié de moi !

Hier, c'était fête au village,
A moi personne n'a songé ;
Chacun dansait sous le feuillage,
Hélas ! et je n'ai pas mangé.
Pardonnez-moi si je demande ;
Je ne demande que du pain ;
Du pain, je ne suis pas gourmande,
Ah ! ne me grondez pas, j'ai faim.

N'allez pas croire que j'ignore
Que dans ce monde il faut souffrir ;
Mais je suis si petite encore !
Ah ! ne me laissez pas mourir.
Donnez à la pauvre petite,
Et pour vous comme elle priera !
Elle a faim ; donnez, donnez vite,
Donnez,... quelqu'un vous le rendra.

Mme BOUCHER DE PERTHES.

### PRIÈRE DE L'ENFANT A SON RÉVEIL.

Mon Dieu, donne l'onde aux fontaines,
Donne la plume aux passereaux,
Et la laine aux petits agneaux,
Et l'onde et la rosée aux plaines.

Donne au malade la santé,
Au mendiant le pain qu'il pleure,
A l'orphelin une demeure,
Au prisonnier la liberté.

Donne une famille nombreuse
Au père qui craint le Seigneur;
Donne à moi sagesse et bonheur,
Pour que ma mère soit heureuse.

Que je sois bon, quoique petit,
Comme cet enfant dans le temple
Que chaque matin je contemple,
Souriant au pied de mon lit.

Mets dans mon âme la justice,
Sur mes lèvres la vérité;
Qu'avec crainte et docilité
Ta parole en mon cœur mûrisse;

Et que ma voix s'élève à toi,
Comme cette douce fumée
Que balance l'urne embaumée
Dans la main d'enfants comme moi.

LAMARTINE.

## NE NOUS VENGEONS PAS.

Si quelqu'un nous blesse et nous nuit,
Quelque grande que soit l'offense,
Laissons l'espace d'une nuit
Entre l'injure et la vengeance :
L'aurore à nos yeux rend moins noir
Le mal qu'on nous a fait la veille;
Et tel qui s'est vengé le soir
En est fâché lorsqu'il s'éveille.

PANARD.

## LE COLIMAÇON.

Sans amis comme sans famille,
Ici-bas vivre en étranger;
Se retirer dans sa coquille
Au signal du moindre danger;
S'aimer d'une amitié sans bornes;
De soi seul emplir sa maison;
En sortir suivant la saison
Pour faire à son prochain les cornes;
Signaler ses pas destructeurs
Par les traces les plus impures;
Outrager les plus tendres fleurs
Par ses baisers ou ses morsures;
Enfin chez soi, comme en prison,
Vieillir de jour en jour plus triste,
C'est l'histoire de l'égoïste,
Et celle du colimaçon.

ARNAULT.

### L'OREILLER D'UN ENFANT.

Cher petit oreiller, doux et chaud sous ma tête,
Plein de plume choisie, et blanc! et fait pour moi!
Quand on a peur du vent, du loup, de la tempête,
Cher petit oreiller, que je dors bien sur toi!

Beaucoup, beaucoup d'enfants pauvres et nus, sans mère,
Sans maison, n'ont jamais d'oreiller pour dormir;
Ils ont toujours sommeil! O destinée amère!
Maman, douce maman! cela me fait gémir!

Et quand j'ai prié Dieu pour tous les petits anges
Qui n'ont pas d'oreiller, moi, j'embrasse le mien.
Et seule en mon doux nid qu'à tes pieds tu m'arranges,
Je te bénis, ma mère, et je touche le tien.

Je ne m'éveillerai qu'à la lueur première
De l'aube au rideau bleu : c'est si gai de la voir!
Je vais dire tout bas ma plus tendre prière;
Donne encore un baiser, douce maman; bonsoir!

#### PRIÈRE.

Dieu des enfants! le cœur d'une petite fille,
Plein de prière, écoute, est ici sous mes mains;
On me parle toujours d'orphelins sans famille :
Dans l'avenir, mon Dieu, ne fais plus d'orphelins!

Laisse descendre au soir un ange qui pardonne,
Pour répondre à des voix que l'on entend gémir;
Mets sous l'enfant perdu que la mère abandonne,
Un petit oreiller qui le fera dormir!

Mme DESBORDES-VALMORE.

## LA POLITESSE.

La politesse est à l'esprit
Ce que la grâce est au visage :
De la bonté du cœur elle est la douce image,
Et c'est la bonté qu'on chérit.

VOLTAIRE.

## LES QUATRE PARTIES DU JOUR.

Le matin au soleil a rendu son empire,
Tout s'éveille et tout rit à sa fraîche clarté :
Quand, avec la lumière, il répand la beauté,
    C'est Dieu que je crois voir sourire,
    Dans sa grâce et dans sa bonté.

Midi le fait monter sur son trône de flamme,
L'œil n'en peut plus alors soutenir la splendeur,
Et je dis, accablé de sa puissante ardeur,
    C'est Dieu qui pénètre mon âme
    Du sentiment de sa grandeur.

Le soir, vers l'horizon sa course descendue,
De ces sommets lointains semble chercher l'appui :
Son front découronné d'un feu plus doux a lui :
    C'est Dieu qui permet que ma vue
    Ose s'élever jusqu'à lui !

La nuit d'un crêpe noir enveloppe la terre ;
Son souffle éteint du jour le radieux flambeau ;
Quand le monde muet semble un vaste tombeau,
    C'est Dieu qui parle en ce mystère,
    Et nous promet un jour plus beau.

Mme A. TASTU.

## LE SECRET.

Quand vous méditez un projet,
  Ne publiez point votre affaire.
Toujours, au fond du cœur, gardez votre secret;
On se repent souvent d'un langage indiscret,
  Et presque jamais du mystère.
  Certain auteur, sur ce sujet,
  S'explique de cette manière :
  Le causeur dit tout ce qu'il sait,
  L'étourdi ce qu'il ne sait guère;
Les jeunes ce qu'ils font, les vieux ce qu'ils ont fait,
  Et les sots ce qu'ils veulent faire.

PANARD.

## LES VŒUX D'UN SAGE.

S'il m'eût été permis d'élire
  Entre les dons brillants des dieux,
L'esprit m'eût bien tenté, s'il eût pu me suffire;
Mais tant de gens en ont qui sont si malheureux!
Et puis, l'esprit tout seul n'est souvent qu'un délire,
  Et le sage doit choisir mieux.
  J'aurais dit au maître des cieux :
  Dieu puissant, par qui tout respire,
De vos rares bienfaits, de vos dons précieux,
  Voici les seuls que je désire :
  Un ami pour me rendre heureux,
  Et du bon sens pour me conduire.

L'abbé DE REYRAC.

## BERGERONNETTE.

Pauvre petit oiseau des champs,
Inconstante bergeronnette,
Qui voltiges, vive et coquette,
Et qui siffles tes jolis chants;

Bergeronnette si gentille;
Qui tournes autour du troupeau,
Par les prés sautille, sautille,
Et mire-toi dans le ruisseau!

Va, dans tes gracieux caprices,
Becqueter la pointe des fleurs,
Ou poursuivre aux pieds des génisses
Les mouches aux vives couleurs.

Reprends tes jeux, bergeronnette,
Bergeronnette au vol léger;
Nargue l'épervier qui te guette :
Je suis là pour te protéger.

Si haut qu'il soit, je puis l'abattre...
Petit oiseau, chante!... et demain,
Quand je marcherai, viens t'ébattre
Près de moi, le long du chemin.

C'est ton doux chant qui me console;
Je n'ai point d'autre ami que toi!
Bergeronnette, vole, vole,
Bergeronnette, devant moi!...

DOVALLE.

## BONHEUR DE LA VIE CHAMPÊTRE.

Heureux qui loin du bruit, sans projets, sans affaires,
Cultive de ses mains ses champs héréditaires;
Qui, libre de désirs, de soins ambitieux,
Garde les simples mœurs de nos sages aïeux!

ANDRIEUX.

### MON SOUHAIT.

Quand pourrai-je vivre au village?
Quand serai-je le possesseur
D'un champêtre réduit, asile du bonheur,
Qu'un bois de cerisiers ombrage?

Tout auprès serait un jardin
Où croîtrait la laitue, où verdirait l'oseille,
Parmi de verts festons de lavande et de thym;
Les murs seraient couverts d'une flexible treille,
Où pendrait la grappe vermeille;
La figue y mûrirait à côté du raisin,
Et la fraise odorante aux pieds de la groseille.

Bordé de noisetiers, un limpide ruisseau
Environnerait mon empire,
Et mes désirs, j'ose le dire,
Ne passeraient jamais le cristal de son eau.

Plus satisfait que ceux que la fortune enivre,
Et dont l'avide cœur ne saurait se borner,
Avec peu j'aurais de quoi vivre,
J'aurais encor de quoi donner.

JACQUEMARD.

### L'ANGE ET L'ENFANT.

Un ange au radieux visage,
Penché sur le bord d'un berceau,
Semblait contempler son image,
Comme dans l'onde d'un ruisseau.

Charmant enfant qui me ressemble,
Disait-il, oh! viens avec moi,
Viens, nous serons heureux ensemble,
La terre est indigne de toi.

Là, jamais entière allégresse;
L'âme y souffre de ses plaisirs;
Les cris de joie ont leur tristesse,
Et les voluptés leurs soupirs.

La crainte est de toutes les fêtes;
Jamais un jour calme et serein
Du choc ténébreux des tempêtes
N'a garanti le lendemain.

Eh quoi! les chagrins, les alarmes
Viendraient troubler ce front si pur!
Et par l'amertume des larmes
Se terniraient ces yeux d'azur!

Non, non; dans les champs de l'espace
Avec moi tu vas t'envoler;
La Providence te fait grâce
Des jours que tu devais couler.

Et, secouant ses blanches ailes,
L'ange, à ces mots, a pris l'essor
Vers les demeures éternelles...
Pauvre mère!... ton fils est mort!

JEAN REBOUL.

## LE NID.

De ce buisson de fleurs approchons-nous ensemble :
Vois-tu ce nid posé sur la branche qui tremble?
Pour le couvrir, vois-tu les rameaux se ployer?
Les petits sont cachés sous leur couche de mousse;
Ils sont tous endormis!... Oh! viens, ta voix est douce :
    Ne crains pas de les effrayer.

De ses ailes encor la mère les recouvre ;
Son œil appesanti se referme et s'entr'ouvre,
Et son amour souvent lutte avec le sommeil :
Elle s'endort enfin... Vois comme elle repose !
Elle n'a rien pourtant qu'un nid sous une rose,
    Et sa part de notre soleil.

Vois, il n'est point de vide en son étroit asile;
A peine s'il contient sa famille tranquille ;
Mais là le jour est pur et le sommeil est doux,
C'est assez !... Elle n'est ici que passagère;
Chacun de ses petits peut réchauffer son frère,
    Et son aile les couvre tous.

Et nous, pourtant, mortels, nous, passagers comme elle,
Nous fondons des palais quand la mort nous appelle;
Le présent est flétri par nos vœux d'avenir;
Nous demandons plus d'air, plus de jour, plus d'espace,
Des champs, un toit plus grand !... Ah! faut-il tant de place
    Pour aimer un jour... et mourir !

                                E. Souvestre.

## LE PETIT JOUEUR DE HARPE.

O ma harpe ! seul héritage
Que mon vieux père m'a laissé,
Viens attendrir, à son passage,
L'homme opulent au cœur glacé !
Mon âme souffre, à ses regrets en proie,
Et de la faim je ressens les douleurs.
Harpe fidèle, essaye un chant de joie...
La corde, hélas ! se détend sous mes pleurs !

« O mon fils ! me disait mon père,
« D'un pain noir m'offrant la moitié,
« Le ciel, en qui le pauvre espère,
« Près du malheur mit la pitié. »
Cachons les maux que le sort nous envoie,
Comme un cercueil que l'on couvre de fleurs ;
Désespérés, sachons feindre la joie...
L'homme heureux fuit le spectacle des pleurs.

O ma harpe ! sois toujours prête
A redire un joyeux refrain ;
La foule à ces doux sons s'arrête...
Mon front reste pâle et chagrin.
La charité veille en vain sur ma voie ;
Quand un refus insulte à mes malheurs,
Je me résigne à la mort avec joie ;
Je dis : « Mon père ! » et je verse des pleurs.

PAUL LACROIX.

Mais tout caché qu'il est, pour révéler sa gloire
Quels témoins éclatants devant moi rassemblés !
Répondez, cieux et mer, et vous, terre, parlez !
Quel bras peut vous suspendre, innombrables étoiles?
Nuit brillante, dis-nous qui t'a donné tes voiles.
O cieux! que de grandeur, et quelle majesté !
J'y reconnais un maître à qui rien n'a coûté,
Et qui dans vos déserts a semé la lumière,
Ainsi que dans nos champs il sème la poussière.
Toi qu'annonce l'aurore, admirable flambeau,
Astre toujours le même, astre toujours nouveau,
Par quel ordre, ô soleil, viens-tu du sein de l'onde
Nous rendre les rayons de ta clarté féconde ?
Tous les jours je t'attends, tu reviens tous les jours :
Est-ce moi qui t'appelle et qui règle ton cours?
Et toi, dont le courroux veut engloutir la terre,
Mer terrible, en ton lit quelle main te resserre ?
Pour forcer ta prison tu fais de vains efforts;
La rage de tes flots expire sur tes bords.
Fais sentir ta vengeance à ceux dont l'avarice
Sur ton perfide sein va chercher son supplice.
Hélas ! prêts à périr, t'adressent-ils leurs vœux?
Ils regardent le ciel, secours des malheureux.
La nature qui parle en ce péril extrême,
Leur fait lever les mains vers l'asile suprême :
Hommage que toujours rend un cœur effrayé
Au Dieu que jusqu'alors il avait oublié.

RACINE FILS.

## CONSEILS D'UN PÈRE A SON FILS.

Au choix de tes amis, sois prudent et sévère;
Examine longtemps, la méprise est amère.
Fuis les excès : l'avare est le bourreau de soi,
Le prodigue est esclave, et l'économe est roi,
Sans soucis, sans terreur, il voit le jour renaître;
Lui seul est bienfaisant, et lui seul il peut l'être.
Sous un vil intérêt ne sois point abattu,
L'argent le cède à l'or, et l'or à la vertu.
Souvent de l'équité la borne est un peu juste,
Qui n'est pas généreux est tout près d'être injuste.
D'homme adroit et rusé méprise le renom.
Tout honnête homme est franc ; qui dit fin, dit fripon.
Que le destin te soit ou propice ou sévère,
De quelque infortuné soulage la misère :
Tu le pourras, mon fils. Si tu naquis sans biens,
Apprends l'art d'être utile avec peu de moyens.
Hélas ! ce malheureux qu'on fuit, qu'on appréhende,
Plaignons-le, c'est souvent tout ce qu'il nous demande;
D'une oreille attentive écoute ses revers :
Il aime à raconter les maux qu'il a soufferts;
Si ton cœur ne palpite au récit de ses peines,
Puisse ton sang bientôt se tarir dans tes veines,
Ce souhait est celui d'une ardente amitié;
Il vaut mieux n'être pas que d'être sans pitié,
Dans le doute abstiens-toi, nous dit la conscience;
Le Ciel fit la vertu, l'homme en fait l'apparence ;
Il peut la revêtir d'imposture et d'erreur ;
Il ne peut la changer, son juge est dans son cœur.

## LA JEUNE MENDIANTE.

Sous le portique d'une église,
Révélant le besoin qui causait sa douleur,
Pour la troisième fois, par les ombres surprise,
Se plaignait en ces mots la fille du malheur :
« Je me meurs, je le sens, je me meurs ; car ma vue
Est d'un voile funèbre obscurcie à moitié.
   La charité ne m'a pas entendue,
     Et l'aumône de la pitié
    A mon secours n'est point venue.
C'en est fait, orpheline à la fleur de mes ans,
   Rien ne m'a souri sur la terre ;
   Comme le roseau solitaire
   Je cède à l'effort des autans :
   Adieu, triste sol des vivants !
Ma place est dans le ciel, à côté de ma mère :
Adieu, c'est pour toujours !... Mais, quoi ! dans ma misère
N'est-il donc plus d'espoir ? Si du moins le sommeil
Fermait quelques instans ma paupière lassée,
   J'aurais encor la force à mon réveil
   De tendre cette main glacée.
Tendre la main, souffrir, et se voir repoussée !
Hélas ! l'airain qui sonne augmente mon effroi ;
Il est minuit : peut-être est-ce ma dernière heure !
   O mon Dieu ! prends pitié de moi :
Je suis jeune, et j'ai faim, et je veille, et je pleure. »
Elle dit et se tait, et quand le lendemain,
S'arrêta près du temple une foule attendrie,
   La pauvre enfant n'avait plus faim ;
Elle ne pleurait plus en attendant du pain,
   Et sa veillée était finie.

MICHELET.

## TENDRESSE D'UNE MÈRE POUR SON ENFANT.

Quels tendres soins! Dort-il, attentive, elle chasse
L'insecte dont le vol ou le bruit le menace;
Elle semble défendre au réveil d'approcher.
La nuit même d'un fils ne peut la détacher;
Son oreille de l'ombre écoute le silence,
Ou, si Morphée endort sa tendre vigilance,
Au moindre bruit ouvrant ses yeux appesantis,
Elle vole, inquiète, au berceau de son fils;
Dans le sommeil longtemps le contemple immobile,
Et rentre dans sa couche à peine encor tranquille.
S'éveille-t-il, son sein, à l'instant présenté,
Dans les flots d'un lait pur lui verse la santé.
Qu'importe la fatigue à sa tendresse extrême?
Elle vit dans son fils, et non pour elle-même.
Quel zèle infatigable et quels généreux soins!
Bientôt d'autres bontés suivent d'autres besoins.
L'enfant de jour en jour avance dans la vie,
Et, comme les aiglons qui, cédant à l'envie
De mesurer les cieux dans leur premier essor,
Exercent près du nid leur aile faible encor,
Doucement soutenu sur ses mains chancelantes,
Il commence l'essai de ses forces naissantes.
Sa mère est près de lui; c'est elle dont le bras
Dans leur débile effort aide ses premiers pas:
Elle suit la lenteur de sa marche timide;
Elle fut sa nourrice, elle devint son guide:
Elle devient son maître au moment où sa voix
Bégaye à peine un nom qu'elle entendit cent fois.
*Ma mère!* est le premier qu'elle l'enseigne à dire;
Elle est son maître encor dès qu'il s'essaye à lire.

LEGOUVÉ.

## L'AUMONE.

Donnez, riches ! l'aumône est sœur de la prière.
Hélas ! quand un vieillard, sur votre seuil de pierre,
Tout raidi par l'hiver, en vain tombe à genoux ;
Quand les petits enfants, les mains de froid rougies,
Ramassent sous vos pieds les miettes des orgies,
La face du Seigneur se détourne de vous.

Donnez ! afin que Dieu, qui dote les familles,
Donne à vos fils la force, et la grâce à vos filles ;
Afin que votre vigne ait toujours un doux fruit ;
Afin qu'un blé plus mûr fasse plier vos granges ;
Afin d'être meilleur ; afin de voir les anges
    Passer dans vos rêves la nuit.

Donnez ! il vient un jour où le monde nous laisse.
Vos aumônes là-haut vous font une richesse.
Donnez ! afin qu'on dise : « Il a pitié de nous ! »
Afin que l'indigent que glacent les tempêtes,
Que le pauvre qui souffre à côté de vos fêtes,
Au seuil de vos palais fixe un œil moins jaloux.

Donnez ! pour être aimé de Dieu qui se fit homme,
Pour que le méchant même en s'inclinant vous nomme,
Pour que votre foyer soit calme et fraternel ;
Donnez ! afin qu'un jour, à votre heure dernière,
Contre tous vos péchés vous ayez la prière
    D'un mendiant puissant au ciel.

Victor Hugo.

## LE TOMBEAU D'UN ENFANT.

Ce marbre éclatant de blancheur
M'annonce d'un mortel la fin prématurée.
C'est un enfant; d'un lis il avait la fraîcheur;
Comme lui, d'un soleil il a vu la durée.

Faible et timide, il ne s'est arrêté
Qu'un seul moment aux portes de la vie,
Du berceau dans la tombe, au gré de son envie,
Il s'est bientôt précipité.

A peine il entrevit le monde de misère;
Il en trouva la coupe trop amère;
Et détournant la tête, il s'enfuit pour jamais,
Loin des baisers et des chants d'une mère,
Dans le séjour d'une éternelle paix.

Heureux enfant, l'ambition perfide,
Les noirs chagrins, les peines, les remords,
Ne t'ont point infecté de leur souffle homicide;
Tu n'as point souffert, et tu dors!

Et vous, tristes parents, séchez enfin vos larmes!
Quittez ces longs habits de deuil!
L'objet de votre amour, soustrait à tant d'alarmes
Se repose dans ce cercueil.

Que lui reprochez-vous? C'est une fleur timide
Qui, dans ses feuilles se cachant,
D'une fraîche rosée encore tout humide,
A prévenu l'orage du couchant.

BAOUR-LORMIAN.

## LE LABOUREUR.

Laborieux mortel, sers d'exemple à tes frères ;
Pour labourer le champ prends le soc de tes pères.
Spectateur assidu de la terre et des cieux,
Pénètre ces secrets qu'ils cachent à tes yeux.
Observe le retour, le déclin de l'année,
Le cercle où du soleil la course est enchaînée,
L'inconstance des vents, les temps et les saisons,
Et leur vicissitude, et leurs combinaisons,
L'influence de l'air, et le pouvoir de l'onde ;
De ce livre animé que l'étude est féconde !
Il est toujours ouvert pour le cultivateur ;
Il sert au philosophe autant qu'au laboureur.
Tout homme eut le travail et la terre en partage.
Il n'est rien d'infertile, il n'est rien de sauvage,
Si tu sais avec art ménager les terrains ;
Ici fleurit la vigne, et là germent les grains.
Ce terroir produira des plantes salutaires ;
Cet espace est marqué pour des bois solitaires ;
De ces prés où tes mains ont creusé des canaux
Déjà l'herbage est mûr, et n'attend que la faux.
Ainsi donc tous les biens qu'enfante la nature
Seront en divers temps le prix de ta culture.
Des fleuves, des ruisseaux, que les bords soient peuplés
De troupeaux différents toujours renouvelés.
Sur ce peuple soumis tu règneras sans armes ;
Ses innocents tributs ne coûtent point de larmes :
C'est du lait, des toisons, richesse des pasteurs,
Et dont l'abus jamais ne corrompit les mœurs.
Possède-la, mon fils, et dans sa jouissance,
De ton cœur vertueux affermis l'innocence.

POMPIGNAN.

### CONSEILS ADRESSÉS AU MALHEUR.

Au fond de cette allée obscure,
Toi qui viens t'attendrir et rêver à l'écart,
Et toi peut-être encor qui sens tourner le dard
　　De la douleur dans la blessure ;

Mortel, qui que tu sois, au sein de la nature,
Ne te crois pas perdu, jeté par le hasard :
Oui, sur toi l'Eternel attache son regard.
Vois tous les soins qu'il prend, et de la fleur champêtre,
Et de l'insecte ailé qui rampe sous tes pas :
Sur toi qui peux l'aimer, l'entendre, le connaître,
　　Pourquoi ne veillerait-il pas ?

Je t'excuse pourtant. Ah ! tu pleures peut-être
Ton père, ton époux, ta femme, ton enfant.
Ecoute, mon ami : Celui qui les fit naître
　　Est celui qui te les reprend.
　　　Rien n'est à nous ; en l'adorant,
　　　Courbe-toi devant le Grand-Etre.
Tout ce qui nous convient, qui le sait mieux que lui ?
Nous connaîtrons un jour ce qu'il cache aujourd'hui.

Il est un avenir par qui tout se répare.
Souvent notre bonheur naît d'un mal apparent ;
　　　Dieu réunit ce qu'il sépare,
　　　Et ce qu'il nous ôte il le rend.

　　　　　　　　　　　　　　　　Ducis.

## LE ROSSIGNOL.

Le rossignol surtout me flatte, m'intéresse,
Respectez ses petits, sa voix enchanteresse.
Au fond de ce bocage il apprête ses chants,
Laisse échapper des sons légers, éblouissants,
Les traîne, les suspend, les brise, les cadence,
Il commence, poursuit, hésite et recommence.
De sentiments divers l'oiseau paraît ému;
Il va du fort au doux, et du grave à l'aigu.
Souvent un beau talent produit plus d'un caprice;
De la variété connaissant le délice,
Ses éclats sont touchants, ses soupirs gracieux;
Il est lent, il est vif, toujours mélodieux,
Précipite sa voix, ou la roule affaiblie;
Tantôt nous abandonne à la mélancolie,
Tantôt versant le calme en un cœur enchanté,
Y fait couler la joie et la sérénité.
Il console, il éveille, il charme la nature,
Il aime les bosquets, les fleurs et la verdure,
Le souffle des zéphyrs, la fraîcheur des ruisseaux,
Le matin, les beaux jours, et surtout le repos.
Le besoin de la paix convient à son génie;
Il faut peu de sommeil au roi de l'harmonie;
Il sait de ses accords augmenter la douceur,
Il a plus de plaisir, de finesse et d'ardeur,
Quand la nuit sur la terre étend son voile immense;
Sa voix embellit l'ombre, anime le silence.
Pour lui seul des chasseurs j'invoque la pitié;
N'en privez pas les champs, la vertu, l'amitié.

PERRIN DE PRÉCY.

## LES ABEILLES.

Mais quel bourdonnement a frappé mes oreilles.
Ah! je les reconnais mes aimables abeilles.
Cent fois on a chanté ce peuple industrieux;
Mais comment, sans transport, voir ces filles des cieux !
Quel art bâtit leurs murs, quel travail peut suffire
A ces trésors de miel, à ces amas de cire?
Je ne vous dirai point leurs combats éclatants,
Si la mort est donnée à l'un des combattants,
Si ce peuple est régi par une seule reine,
S'il peut d'un ver commun créer sa souveraine;
Si leur cité contient trois peuples à la fois,
Epoux, reine, ouvrière, hôtes des mêmes toits:
D'autres décideront. Mais leur noble industrie,
Mais ces hardis calculs de leur géométrie,
Leurs fonds pyramidaux savamment compassés,
En six angles égaux leurs bâtiments tracés,
Cette forme élégante autant que régulière,
Qui ménage l'espace autant que la matière,
Cette reine étonnante en sa fécondité,
Qui seule tous les ans fait sa postérité,
Et les profonds respects de son peuple qui l'aime,
Sont toujours un prodige et non pas un problème :
Aussi, de nos savants le regard curieux
Souvent pour une ruche abandonne les cieux.
Géber et Réaumur ont décrit ces merveilles,
Et le chantre d'Auguste a chanté les abeilles.

DELILLE.

## LES ADIEUX D'UN POETE A LA VIE.

J'ai révélé mon cœur au Dieu de l'innocence ;
    Il a vu mes pleurs pénitents ;
Il guérit mes remords ; il m'arme de constance :
    Les malheureux sont ses enfants.

Mes ennemis, riant, ont dit dans leur colère :
    Qu'il meure, et sa gloire avec lui !
Mais à mon cœur calmé le Seigneur dit en père :
    Leur haine sera ton appui.

Soyez béni, mon Dieu, vous qui daignez me rendre
    L'innocence et son noble orgueil ;
Vous qui, pour protéger le repos de ma cendre,
    Veillerez près de mon cercueil !

Au banquet de la vie, infortuné convive,
    J'apparus un jour, et je meurs ;
Je meurs, et sur la tombe où lentement j'arrive
    Nul ne viendra verser des pleurs.

Salut, champs que j'aimais, et vous, douce verdure,
    Et vous, riant exil des bois !
Ciel, pavillon de l'homme, admirable nature,
    Salut pour la dernière fois !

Ah ! puissent voir longtemps votre beauté sacrée
    Tant d'amis sourds à mes adieux !
Qu'ils meurent pleins de jours, que leur mort soit pleurée,
    Qu'un ami leur ferme les yeux.

GILBERT.

## LES VERS A SOIE.

Lassés d'un vain loisir et libres de leurs maux,
Les vers veulent alors commencer leurs travaux :
Aidez de tous vos soins un désir qui vous flatte.
Dans leurs corps transparents l'or et la soie éclate;
Vous les voyez monter : offrez-leur des rameaux;
Qu'ils puissent y suspendre et filer leurs tombeaux.
Sous les anneaux mouvants qu'à nos yeux ils présentent,
Dans leur sein deux vaisseaux à longs replis serpentent;
La soie en se formant, brute et liquide encor,
Dans ces riches canaux coule ses ondes d'or.
La liqueur s'épaissit dans sa route dernière,
Se transforme en un fil, et sort par la filière.
Quand la chenille enfin voit ce temps arrivé,
Elle prodigue un suc jusqu'alors réservé.
En longs cercles d'abord, des fils qu'elle ménage,
Elle forme un duvet, appui de son ouvrage :
Bientôt elle décrit des mouvements plus courts,
Et ses fils plus serrés, unis par mille tours,
D'un tissu merveilleux composant la structure,
D'un œuf d'or ou d'argent présentent la figure.
Venez les admirer : ce ver dans sa prison
Ne commence qu'à peine à former sa cloison;
Celui-ci, que déjà cache un épais nuage,
Laisse encore de ses fils entrevoir l'assemblage :
D'autres, se renfermant dans les mêmes réseaux,
Unis pendant la vie, unissent leurs tombeaux.
Mais dans ces jours, hélas! si du bruit du tonnerre,
Le ciel dans son courroux épouvante la terre,
Ils frissonnent d'horreur, tombent, et pour jamais
Laissent en expirant leurs tissus imparfaits.

ANONYME.

## LES ALPES

Sous mes yeux enchantés, la nature rassemble
Tout ce qu'elle a d'horreur et de beautés ensemble.
Dans un lointain qui fuit un monde entier s'étend.
Et comment embrasser ce mélange éclatant
De verdure, de fleurs, de moissons ondoyantes,
De paisibles ruisseaux, de cascades bruyantes,
De fontaines, de lacs, de fleuves, de torrents,
D'hommes et de troupeaux, sur les plaines errants;
De forêts de sapins au lugubre feuillage;
De terrains éboulés, de rocs minés par l'âge,
Pendant sur des vallons, où le printemps fleurit;
De coteaux escarpés, où l'automne sourit;
D'abîmes ténébreux, de cimes éclairées,
De neiges couronnant de brûlantes contrées,
Et de glaciers enfin, vaste et solide mer,
Où règne sur son trône un éternel hiver?
Là, pressant sous ses pieds les nuages humides,
Il hérisse les monts de hautes pyramides,
Dont le bleuâtre éclat, au soleil s'enflammant,
Change ces pics glacés en rocs de diamant.
Là viennent expirer tous les feux du solstice.
En vain l'astre du jour, embrasant l'Ecrevisse,
D'un déluge de flamme assiége ces déserts :
La masse inébranlable insulte au roi des airs.
Mais trop souvent la neige, arrachée à leur cime,
Roule en bloc bondissant, court d'abîme en abîme,
Gronde comme un tonnerre, et, grossissant toujours,
A travers les rochers, fracassés dans son cours,
Tombe dans les vallons, s'y brise, et, des campagnes,
Remonte en brume épaisse au sommet des montagnes.

ROUCHER.

## L'AMITIÉ.

Noble et tendre Amitié, je te chante en mes vers :
Du poids de tant de maux semés dans l'univers,
Par tes soins consolants, c'est toi qui nous soulages.
Trésor de tous les lieux, bonheur de tous les âges,
Le Ciel te fit pour l'homme, et tes charmes touchants
Sont nos derniers plaisirs, sont nos premiers penchants.
Qui de nous, lorsque l'âme, encor naïve et pure,
Commence à s'émouvoir, et s'ouvre à la nature,
N'a pas senti d'abord, par un instinct heureux,
Le besoin enchanteur, ce besoin d'être deux,
De dire à son ami ses plaisirs et ses peines ?
D'un zéphyr indulgent si les douces haleines
Ont conduit mon vaisseau sur des bords enchantés,
Sur ce théâtre heureux de mes prospérités,
Brillant d'un vain éclat, et vivant pour moi-même,
Sans épancher mon cœur, sans un ami qui m'aime,
Porterai-je moi seul, de mon ennui chargé,
Tout le poids d'un bonheur qui n'est point partagé ?
Qu'un ami sur mes bords soit jeté par l'orage,
Ciel ! avec quel transport je l'embrasse au rivage !
Moi-même entre ses bras si le flot m'a jeté,
Je ris de mon naufrage et du flot irrité.
Oui, contre deux amis la fortune est sans armes;
Ce nom répare tout : sais-je, grâce à ses charmes,
Si je donne ou j'accepte ? Il efface à jamais
Ce mot de bienfaiteur, et ce mot de bienfaits.
Si, dans l'été brûlant d'une vive jeunesse,
Je saisis du plaisir la coupe enchanteresse,
Je veux, le front ouvert, de la feinte ennemi,
Voir briller mon bonheur dans les yeux d'un ami.

Ducis.

## LE PETIT SAVOYARD.

### 1. — LE DÉPART.

Pauvre petit, pars pour la France.
Que te sert mon amour? je ne possède rien.
On vit heureux, ailleurs; ici, dans la souffrance.
Pars, mon enfant, c'est pour ton bien.
Tant que mon lait put te suffire,
Tant qu'un travail utile à mes bras fut permis,
Heureuse et délassée en te voyant sourire,
Jamais on n'eût osé me dire :
Renonce aux baisers de ton fils.
Mais je suis veuve; on perd sa force avec la joie.
Triste et malade, où recourir ici ?
Où mendier pour toi ? chez des pauvres aussi !
Laisse ta pauvre mère, enfant de la Savoie ;
Va, mon enfant, où Dieu t'envoie.
Mais, si loin que tu sois, pense au foyer absent ;
Avant de le quitter, viens, qu'il nous réunisse.
Une mère bénit son fils en l'embrassant :
Mon fils, qu'un baiser te bénisse.

Vois-tu ce grand chêne, là-bas?
Je pourrai jusque-là t'accompagner, j'espère.
Quatre ans déjà passés, j'y conduisis ton père;
Mais lui, mon fils, ne revint pas.
Encor, s'il était là pour guider ton enfance,
Il m'en coûterait moins de t'éloigner de moi ;
Mais tu n'as pas dix ans, et tu pars sans défense...
Que je vais prier Dieu pour toi !...

(*Suite.*)

Que feras-tu, mon fils, si Dieu ne te seconde,
Seul, parmi les méchants, car il en est au monde,
Sans ta mère, du moins, pour t'apprendre à souffrir... ?
Oh ! que n'ai-je du pain, mon fils, pour te nourrir !
Mais Dieu le veut ainsi : nous devons nous soumettre.
   Ne pleure pas en me quittant ;
Porte au seuil des palais un visage content.
Parfois mon souvenir t'affligera peut-être...
Pour distraire le riche, il faut chanter pourtant.
Chante tant que pour toi la vie est moins amère ;
Enfant, prends ta marmotte et ton léger trousseau,
Répète, en cheminant, les chansons de ta mère,
Quand ta mère chantait autour de ton berceau.
Si ma force première encor m'était donnée,
J'irais, te conduisant moi-même par la main ;
Mais je n'atteindrais pas la troisième journée,
Il faudrait me laisser bientôt sur ton chemin ;
Et moi je veux mourir aux lieux où je suis née.
Maintenant, de ta mère entends le dernier vœu :
Souviens-toi, si tu veux que Dieu ne t'abandonne,
Que le seul bien du pauvre est le peu qu'on lui donne.
Prie, et demande au riche : il donne au nom de Dieu.
Ton père le disait ; sois plus heureux ! Adieu.

Mais le soleil tombait des montagnes prochaines,
Et la mère avait dit : Il faut nous séparer ;
Et l'enfant s'en allait à travers les grands chênes,
Se tournant quelquefois, et n'osant pas pleurer.

## 2. — PARIS.

J'ai faim ; vous qui passez daignez me secourir.
Voyez : la neige tombe, et la terre est glacée ;
J'ai froid : le vent se lève et l'heure est avancée,
    Et je n'ai rien pour me couvrir.

Tandis qu'en vos palais tout flatte votre envie,
A genoux sur le seuil, j'y pleure bien souvent;
Donnez : peu me suffit, je ne suis qu'un enfant;
    Un petit sou me rend la vie.

On m'a dit qu'à Paris je trouverais du pain ;
Plusieurs ont raconté, dans nos forêts lointaines,
Qu'ici le riche aidait le pauvre dans ses peines;
Eh bien! moi, je suis pauvre, et je vous tends la main.

    Faites-moi gagner mon salaire :
Où me faut-il courir? dites, j'y volerai.
Ma voix tremble de froid; eh bien! je chanterai,
    Si mes chansons peuvent vous plaire.

    Il ne m'écoute pas, il fuit;
Il court dans une fête, et j'en entends le bruit,
    Finir son heureuse journée.
Et moi, je vais chercher, pour y passer la nuit,
    Cette guérite abandonnée.

Au foyer paternel quand pourrai-je m'asseoir !
    Rendez-moi ma pauvre chaumière,
Le laitage durci qu'on partageait le soir;
Et, quand la nuit tombait, l'heure de la prière
Qui ne s'achevait pas sans laisser quelque espoir.

*(Suite.)*

Ma mère, tu m'as dit, quand j'ai fui ta demeure :
Pars, grandis et prospère, et reviens près de moi.
Hélas! et, tout petit, faudra-t-il que je meure
    Sans avoir rien gagné pour toi?

    Non, l'on ne meurt point à mon âge;
Quelque chose me dit de reprendre courage...
Eh! que sert d'espérer!... que puis-je attendre enfin!...
J'avais une marmotte, elle est morte de faim.

Et faible, sur la terre il reposait sa tête,
Et la neige, en tombant, le couvrait à demi;
Lorsqu'une douce voix, à travers la tempête,
Vint réveiller l'enfant par le froid endormi.

    Qu'il vienne à nous celui qui pleure,
Disait la voix mêlée au murmure des vents;
    L'heure du péril est notre heure :
    Les orphelins sont nos enfants.

Et deux femmes en deuil recueillaient sa misère.
Lui, docile et confus, se levait à leur voix.
Il s'étonnait d'abord; mais il vit dans leurs doigts
Briller la croix d'argent au bout du long rosaire,
Et l'enfant les suivit en se signant deux fois.

### 3. — LE RETOUR.

Avec leurs grands sommets, leurs glaces éternelles,
Par un soleil d'été, que les Alpes sont belles !
Tout dans leurs frais vallons sert à nous enchanter,
La verdure, les eaux, les bois, les fleurs nouvelles.
Heureux qui sur ces bords peut longtemps s'arrêter !
Heureux qui les revoit, s'il a pu les quitter !

Quel est ce voyageur que l'été leur renvoie,
Seul, loin dans la vallée, un bâton à la main ?
C'est un enfant... il marche, il suit le long chemin
    Qui va de France à la Savoie.
Bientôt de la colline il prend l'étroit sentier :
Il a mis ce matin la bure du dimanche,
    Et dans son sac de toile blanche
Est un pain de froment qu'il garde tout entier.
Pourquoi tant se hâter à sa course dernière ?
C'est que le pauvre enfant veut gravir le coteau,
Et ne point s'arrêter qu'il n'ait vu son hameau,
    Et n'ait reconnu sa chaumière.

Les voilà !... tels encor qu'il les a vus toujours,
Ces grands bois, ce ruisseau qui fuit sous le feuillage !
Il ne se souvient plus qu'il a marché dix jours :
    Il est si près de son village !
Tout joyeux il arrive et regarde... Mais quoi !
Personne ne l'attend ! sa chaumière est fermée !
Pourtant du toit aigu sort un peu de fumée,
Et l'enfant plein de trouble : Ouvrez, dit-il, c'est moi !

*(Suite et fin.)*

La porte cède : il entre; et sa mère attendrie,
Sa mère, qu'un long mal près du foyer retient,
Se relève à moitié, tend les bras et s'écrie :
　　N'est-ce pas mon fils qui revient?
Son fils est dans ses bras qui pleure et qui l'appelle :
Je suis infirme, hélas ! Dieu m'afflige, dit-elle ;
Et depuis quelques jours je te l'ai fait savoir,
Car je ne voulais pas mourir sans te revoir.
Mais lui : De votre enfant vous étiez éloignée;
Le voilà qui revient; ayez des jours contents;
Vivez : je suis grandi, vous serez bien soignée;
　　Nous sommes riches pour longtemps.

Et les mains de l'enfant, des siennes détachées,
Jetaient sur ses genoux tout ce qu'il possédait,
Les trois pièces d'argent dans sa veste cachées,
Et le pain de froment que pour elle il gardait.
Sa mère l'embrassait et respirait à peine,
Et son œil se fixait, de larmes obscurci,
　　Sur un grand crucifix de chêne
Suspendu devant elle et par le temps noirci.
C'est lui, je le savais, le Dieu des pauvres mères
Et des petits enfants, qui du mien a pris soin;
Lui, qui me consolait quand mes plaintes amères
　　Appelaient mon fils de si loin.
C'est le Christ du foyer que les mères implorent,
Qui sauve nos enfants du froid et de la faim.
Nous gardons nos agneaux, et les loups les dévorent,
Nos fils s'en vont tout seuls... et reviennent enfin.

　　　　　　　　　　　ALEX. GUIRAUD.

# TABLE DES MORCEAUX

## FABLES

## POÉSIES DIVERSES

Paris. — Typographie de Ch. Meyrueis, rue des Grès, 11. — 1864.

www.ingramcontent.com/pod-product-compliance
Lightning Source LLC
Chambersburg PA
CBHW071105260626
47162CB00006B/2216